U0055414

# 位置

La Place/
Une Femme

Annie Ernaux

安妮·艾諾——著

邱瑞鑾——譯

導讀

# 階級的叛逃與自我的書寫

## ——安妮・艾諾的敘事策略

作家／朱嘉漢

將個人存在過的世界梳理，總是一件太遲的事。吊詭在於，如果沒有後見之明的眼光，也無法將事物安頓。安頓不僅是空間的歸位，也是時間的。必須以遲來者的姿態，接收來自於過去投向未來的眼光，才能明白當年眼底所見到的可能風景。這樣的程序，我喜歡以一個平凡的詞彙命名：認識。

認識永遠是重新認識，是真正的認識。總在事過境遷後，而時間無論好壞皆繼續向前延展時，認識的意識誕生。這意味著，讓自己成為一個中繼點，暫時地脫離時光的鏈鎖，過去既不扯著你，未來尚未拉著你的狀態。你成為一個理想的實存，一個純粹的意識，一個理想的敘事者。敘事者「我」的展示，不是只是記憶與情感的內容，還有形式，說話者的聲音、語調、袒露與隱藏，或曰其風格，成為這類的敘事真正重要的內容。

自我的敘事，或說能夠自我虛構化，走入另一真實幽徑的時刻，往往與死亡有關。本書收錄的安妮．艾諾的《位置》與《一個女人》，敘事的開頭，是父親與母親的死亡。

透過死亡，敘事者才能書寫他們的生命史。對於理解艾諾的文學而言，是最好的起點，因為這正是她確立自己文學策略的發動點。這個回溯的過程，並非只是對於父母親與父母所生的世代的回顧，事實上這是一種敘事聲音的系譜學式的追尋。換句話說，透過書寫父母，探勘自身最初的書寫意識從何而來，關於自身的教養與匱乏，是如何讓自身的書寫成為可能。

是以，儘管是自傳性書寫，我們仍然要注意其虛構性。虛構與否的機制不在於事實的真偽，而是在記憶方式中的猶疑，時序的錯位，理解的曖昧。因為「我」並非在現實世界裡說話，而是在書寫中才能言說。不是將所能說的事寫下來，而是書寫沉默，並在書寫所不能及之處，留白之處，讓言語留在應當沉默之處。

我們可以當艾諾的所有的作品，都由一個角色，那個以「我」說話的敘事者貫串。如同她自身心儀的普魯斯特（她在多處表達過對普魯斯特的了解與喜愛）。若普魯斯特有感於時間，艾諾則是敏感於空間。當然，這空間不只是地理的空間，而是她以一連串的作品所勾勒出的「社會空間」。關於這點，若有興趣，可參考引響艾諾甚巨的法國社會學家布赫迪厄（P. Bourdieu）作品。

在本書裡收錄的兩個作品，我們得以見證從外省到巴黎的橫向地理移動，以及縱向的由底層到知識中產階級的縱向移動。艾諾在回憶中展現的，不是隨意躍出的回憶與私人的感悟，而是一種可以指認的軌跡，以及角度與感受方式，描繪起社會空間當中的個體存在狀態。「我」不再是盧梭式的，對世界呈現出內在是一個充盈的、獨特性的靈魂。艾諾將自身出讓給空缺，讓「我」曾所在的位置說話，我即是我的軌跡，形塑我的一切。

位置決定風景，位置決定話語。決定了我喜歡或討厭什麼，想追求與擺脫什麼，甚至包括我怎麼去說，怎麼去思考的方式。

艾諾能寫，是因為她是「階級逃兵」（transfuge de classe），一個雜貨店的女兒（父親還得兼工養家），最後成為一位文學教授與作家。脫離原生階級之人，乍看享有兩種視野與經驗，實際上更多的時候，不是兩者兼備，而是處在一種兩者皆不是的狀態。無法完全融入新的階級，總覺得格格不入，但其思維模式又已回不去原生階級。

這樣的艱難，艾諾在她面對父母的回憶呈現了出來。艾諾的藝術之所以可貴，在於她理解文字的能與不能。

在《位置》中，她說父親的故事「是不可能用小說來呈現的」，更不可能在形式上採取感動讀者的策略，因為「回憶裡，詩意闕如，也沒有歡喜快樂，沒有讓人會心的一抹微笑」。唯有如同寫信給父母的平鋪直敘，才能不僭越他人之生命，即便那是自己的至親。

《一個女人》亦是，她說：「對我來說，我媽媽沒有故事可講。」她意識到，只要是以文字重現，那麼這實踐在一定程度上就必然文學（比起用照片、回憶去重現）。但她要抗拒的，是過於美化的文學，讓敘事維持在「文學未滿」的情況。

艾諾的書寫，足以作為我們思考文學的參照，而這本《位置》或許是最適合的起點。

最後，如果我們問，若一個人無論如何都不可能真正擺脫階級的影響，即便爬到了上層，依然會面臨種種的宰制與限制。那麼，書寫者的自由是否可能？艾諾也許會說，答案一開始就給了：自由便在這書寫實踐的反思中，努力扭身自省，我們可以有個回身的距離，那是我們可以暢快呼吸的時候。

譯序

# 記憶・背叛・悔罪

## ——安妮・艾諾的家庭寫真

譯者／邱瑞鑾

「當我們違逆背叛之時，寫作是最後的倚靠。」在《位置》一書，作者安妮・艾諾引用了尚・惹內的這一句話作為題跋，直接點出了她在這本回憶之作中所懷的悔罪心情。

著有《竊賊日記》的尚・惹內，是法國二十世紀頗受爭議的作家，私生子、同性戀、竊賊、妓男，一生叛逆，不見容於社會，但他的創作卻坦然呈露他內心的幽微、蕪穢，以文字重塑了另一幅世界景象，是告白文學中觸及疏離、叛逆、敗德最衝擊人心的篇章。拿艾諾來和惹內這位作家來做對比，有非常強烈的反差效果，兩人不管在出身背景、寫作主題、文字表現上，都有極端不同的取向，惹內是被遺棄的孤兒、艾諾父母親全心奉獻給家庭，惹內與神人共創的塵世抗頡、艾諾安然在她的人間小世界過日子，惹內文字華美、艾諾簡樸，但就共通點來說，他們兩人都以寫作為唯一救贖之道，壯膽潛入自己內心裡，挖掘「違逆」、「背叛」的那一部分禁忌的真實面相，挑動最敏感的神經。

艾諾所背叛的是她自己出身平凡的家庭，是她父母親所屬的社會階層、所依循的價值觀。在父母親的支持下，受高等教育的她，閱讀普魯斯特、聽古典音樂，而她一生自覺卑微、粗俗的父母親，讀書不多、說不好法文、拔瓶塞會把酒瓶夾在兩腿之間；文化、教養、品味成了兩代之間的鴻溝，用親情也難以填補彼此在心靈的距離。儘管她熱中「提昇自己」的媽媽，願意上博物館、閱讀雨果、狄更斯，和她爸爸堅持只使用「屬於他的語言、不到不屬於他的地方去」態度不同，但文化、階級的距離同樣橫亙在父女、母女之間。這樣成長的背景，使艾諾與她父母親一直有衝突、扞格、隔閡，而她在認同另一個上流階級的價值的同時，自己心裡不免暗暗給自己蓋上「背叛」的戳記，析離了她自己的根源，其中有傷痛、斷裂，也有無奈、絕望。

從某方面來說，這作品可以說是艾諾的悔罪之作，但表現的形式卻和盧梭一路的「懺悔錄」大相逕庭，傳承盧梭浪漫主義的告白式作品，均以細膩剖析自己內心世界的陰暗、曲折為重，自我是被檢視的重心，「我」是主詞，也是動詞、受詞。而艾諾的「我」在書中雖然存在，但比較像是一個沒有個人價值判斷、不涉入太多私人感情的旁觀者，不動聲色的記錄她周遭的人事物，只以極度寫實的筆法，描繪她父母親的人生片段、記錄他們的隻言片語、笑聲、步態。而在這樣單純的記錄中，可以見到她對她年少時期所亟望擺脫的、父母親所處的那個社會階層，隱含了敬意與不捨的牽絆。她以純粹客觀的記敘，為她平凡的父母親塑造了一種生命典型。

浪漫主義的懺情之作，追悼的是自我燃燒的墮落青春，而艾諾所承襲的寫實主義，則試圖細細捕捉我們很容易不經意漏失的現實，從這看似平凡無奇的現實瑣事中，洞察在這一切的背後有人性與時代、與命運拉鋸的強大力量。因此從福樓拜，到莫泊桑，到安妮·艾諾一路下來的寫實主義，莫不在這樣的悲劇性背景下，樹立了書中人物的生命典型。

《位置》、《一個女人》兩書，分別只有短短一百餘頁的文章，卻都耗費了艾諾半年以上的寫作時間，在文中，她也自承「創作的滿足感是沒有的」，她必須從做為一個作家「個人自我表現的桎梏中掙脫出來」，她寫的不是傳記，也不是小說，而比較是某種介於文學、社會學，和歷史之間的作品，以接近報導的筆調，刻畫她父母親那個年代、那個階級的舉止、用語、道德感、審美觀等等，如實呈現那一段人生的色調。

整本書給人的畫面，就像一疊疊的黑白老照片，翻看之時，原本淡漠疏離的情緒，轉趨感傷，進而令人掩卷。

而艾諾強烈的文字表現，更加強了她低調卻讓人不敢逼視的魅力。初讀她的文字，給人乾澀無肉的感覺，文字蒼白簡省，敘述平直無華，甚至有些句法錯落，不合文理，但逐漸的，她狀似切分音的節奏感，帶出某種氛圍；甚至文中間歇出現、長短不一的空行，也漸次讓人從寂靜之中，聽見一聲聲似有若無的喟嘆與追悔。

艾諾的創作量少而質精，大致兩三年才有新作出版，而且她堅持不為寫作而寫作，唯有當她心裡清楚她真心所要表達的是什麼，才會寫書付梓。正因為如此，她筆下的世界、她心底的感觸真實得令人目眩。一如艾諾曾表示：「我總覺得書出版之後，會有什麼事情發生。而實際上，卻什麼也沒發生，這真是奧秘。」

而果真沒有任何事情發生嗎？

艾諾自己的一句話，可以讓人低迴——「我的書寫是不是能引動別人也想說些什麼？」

最後，要感謝輔仁大學教授Philippe Ricaud（李煜庭）在法文疑義上的協助，使本書更臻完美。

CONTENTS

# 位置

*La Place*

我嘗試以這種方式來解釋：在我們違逆背叛之時，寫作是最後的倚靠。

——尚·惹內

我到里昂克瓦魯斯（Croix-Rousse）那區的一所中學，去參加教師資格檢定的實習課考試。那是一所新學校，在行政部門和教師辦公室那區域，栽著幾棵觀葉植物，圖書室的地板上鋪著沙土色地毯。我在那兒等人通知我去教課——這就是考試項目，在負責甄審的學校督學、兩位陪考官，以及幾位資歷比較深的文科老師面前講授一堂課。辦公室裡有位女士神態倨傲的改著卷子，筆下沒有半點遲疑。只要接下來這個小時不出差錯，我就有資格一輩子像她那樣。

我得對著一班一年級的中學生，數學班的學生，講解二十五行巴爾札克的《高老頭》——依行數標出編碼。「您拽不動他們啊，那些學生。」隨後在校長辦公室裡，督學這麼責怪我。他就坐在兩位陪考官中間，其中一位陪考官是男士，另外一位是穿著粉紅色鞋子的近視眼女士。而我，和他們正面相對。有十來分鐘的時間，他或批評，或讚美，或建議，我幾乎沒聽進去，心裡直想，這一切是不是表示我過關了。

突然，他們三個人，猛一下同時站起來，表情凝重。我也起立，動作倉卒。督學向我伸出手。他正眼注視著我：「女士，恭喜您了。」其他人也跟著說：「恭喜，恭喜。」都來跟我握手，不過那位女士臉上堆著笑。

我走到巴士站的時候，還一直想著這整套隆重的虛禮，自己心裡生悶氣，也有種丟臉的感覺。同一天晚上，我寫信給我爸爸、媽媽，說我已經是「合格」教師。我媽回信說，他們很替我高興。

我爸爸在兩個月後去世，恰恰好是兩個月，一天不多，一天不少。這年他六十七歲，和我媽在海濱—塞納省（Seine-Maritime）的Y鎮[1]離車站不遠的一處安詳社區，開了家咖啡坊，兼賣食品雜貨。他本來打算再過一年退休。常常，在突然閃神的幾秒鐘，我總會搞不清楚，里昂中學的那一幕，是發生在之前或之後，我在克瓦魯斯等巴士的那個有風的四月，和他去世的那個悶熱六月，時間上誰先誰晚。

那天是禮拜天，過午不久。

我媽媽出現在樓上樓梯口。她拿餐巾揩了揩眼睛，那餐巾大概是她吃過飯回房間時順手帶上去的。她聲音直直板板的，說：「過去了。」接下來的幾分鐘我已經沒有記憶。唯一歷歷在目的是我爸爸眼睛盯著我背後的某個東西看，目光渺渺遠遠，還有，他嘴唇外翻，露出了牙齦。我想當時我請了媽媽幫他闔上眼睛。床邊，我媽媽的妹妹，以及她先生，也都在。他們打算幫忙梳洗、刮鬍子，因為要趕在身體僵硬以前弄好。我媽想，可以讓他穿三年前在我婚禮上第一次穿的那套西裝。整個過程就這樣子，很平常，沒有哀哭、沒有啜泣，我媽媽只是紅著眼睛，嘴角不時抽搐。所有該做的都靜靜的做好了，沒有慌亂，彼此只有尋常的對話。我姨丈和我阿姨一再說：「他走得實在太快了」，要不就說：「他變了個樣兒」。我媽媽跟我爸爸講話，好像他還活著，或者說好像他還

1 即下文的伊夫托鎮（Yvetot）。

停留在一種特殊的生命形態裡，類似新生兒那樣。好幾次，她叫他「我可憐的小爸爸」，款款含情。

幫爸爸刮好了鬍子，我姨丈攬住他的身體，把他撐起來，好脫下他最後這幾天穿的舊襯衫，換上乾淨的。頭往前垂下，赤裸的胸膛上滿是花花斑斑的瘢痕。這是我有生以來第一次看見我爸爸的性器官。我媽媽趕緊拉過乾淨襯衫的一角，遮擋著，她略帶笑意，說：「遮住你的小崽子，我可憐的老伴。」梳洗已畢，在我爸爸兩隻手上盤掛一串念珠。我已經不記得是我媽媽或是我阿姨說了話：「他這樣子看起來比較紳士。」意思是說更乾淨、更妥貼。我關上窗隔板，抱起在隔壁房間午睡的兒子。輕聲對他說：「爺爺睡覺覺了。」

姨丈去通知了，住在Y鎮的親戚都趕來。他們和我媽和我一起上樓，駐足床前，安靜了半晌，之後，他們低聲談著我爸爸的病，以及他驟然而終。下了樓，我們在咖啡坊裡請他們喝飲料。

來確認死亡的那位醫生我已經沒有印象。才幾個小時，我爸爸的臉就變得教人認不出來。日暮時分，我一個人待在房間。陽光從窗隔板透進來，照在亞麻地毯上。那已經不是我爸爸。凹陷的臉上，鼻子佔了所有的位置。圍裹著他身體的，是一件昏藍色的寬鬆衣服，而他包覆其間，像是一隻鳥在睡夢中。他那張人的臉龐，還有他圓瞪瞪、定睛凝視的眼睛，都隨同他死亡的那一刻，消失不見。甚至連他死亡的那臉龐，我也都沒印象。

我們開始準備治喪事宜，接洽要辦什麼樣的葬儀，彌撒，訃聞，孝服。在我感覺上，這些準備工作和我爸爸都沒關聯。是一場他因為某種因素無法出席的典禮。我媽媽，情緒比較激動，她向我吐露，前一天夜裡，我爸爸摸摸索索的探過來摟她，那時候他已經不能說話。她加了一句：「他很帥，你知道，年輕的時候。」

禮拜一時有了味道。我從來沒想到會這樣。淡淡的一股怪味，然後變難聞，是花朵遺忘在花瓶裡，瓶子裡水發臭的那種味。

我媽只在出殯那天關門不做生意。要不然，顧客會流失，她不許這種事發生。我死去的爸爸在樓上安息，她在樓下端送紅酒、茴香酒。在這世上的優雅意象裡，眼淚，靜默，節哀自持，是親人去世時我們應該有的表現。我媽媽，還有鄰居們，所依循的是日常的生活事理，那無關乎注意自己是否端莊肅穆。

從我爸爸去世的那個禮拜天，到出殯的那個禮拜三，這兩個日子之間，每位常客，一坐下來，就低沉著嗓子，用簡單的三兩句話為這件事情下註腳：「真怪，怎麼這麼快……」或者故做幽默的說：「喔，老闆他撒手走啦！」他們會述說他們剛聽到消息時心裡的感受：「我心裡很難過」、「我不知道怎麼會這樣」。他們想用這種方式向我媽媽表達，她不是孤單單一個人受痛苦，一種禮貌性的致意。很多人記得最後一次看到他的時候他還很健康，勞神尋思著最後一次他們碰面時所有細節，確切的地點、日期、當時的天氣狀況、他們談話的內容。細細追憶那一段一切都顯得理所當然的生命時光，正可宣述我爸爸的死是個震撼，是他們怎麼也想不到的。

也是基於禮貌，他們希望一瞻遺容。我媽沒有答應所有人的請求。她答應了幾個真心的朋友，拒絕那些單純出於好奇而來的人。咖啡坊的常客差不多都可以去跟我爸爸說再見。被回絕的是鄰近一家工廠的老闆娘，因為他生前對她，和她嘛得跟雞屁股一樣高的嘴巴，從來就沒有好感。

葬儀社禮拜一派了人來。廚房通到房間的樓梯太窄，棺木過不去。

要把遺體裝在一個大塑膠袋裡，下樓梯，用拖的，不是用搬運，要拖到放在咖啡坊的棺木那兒，咖啡坊為這件事關門一小時，不做生意。搬運下來很費時，葬儀社的人討論著一種比較順當的方式，在轉彎的地方迴個身子，諸如此類的。

枕頭上有個小破洞，禮拜天那天，爸爸的頭就擱在那位置。他遺體還在的時候，我們沒有打掃房間。爸爸的衣服還披在椅子上。我從他工作褲的拉鍊口袋裡，掏出一疊鈔票，是上禮拜三的收入。我把藥丟掉，把衣服放進髒衣服堆裡。

葬禮的前一天，我們煮了一塊牛犢肉，是為葬禮結束後那一餐準備的。讓那些撥冗來參加葬禮的人空著肚子回去，有失禮儀。我先生晚上趕到，他曬黑了，因為哀悼的不是他的親人，他顯得不自在。他在這裡比以前更加格格不入。我們就睡那張唯一的雙人床，我爸爸是在這張床上過世的。

我們附近鄰居，很多人都去了教堂，不用工作的女人，請一個小時假的工人。當然，那些「有地位」的人沒一個到，雖然我爸爸生前狀況還好的時候，曾經跟他們打過交道；而且，也見不到別的生意人。他從來不屬於任何團體，只繳商業公會的會費，什麼活動都不參加。本堂神父致悼詞的時候，說他「為人正派、工作勤奮」、「是個從來沒有對不起別人的人」。

來參加喪禮的人和我們握手致意。因為司儀弄錯了——除非他想讓大家多走一圈，好讓出席的人數看起來倍增——已經跟我們握過手的人又重新來一回。這一次大家速度比較快，沒有致哀的話語。墓園裡，繩子吊著棺木搖搖晃晃的往下沉，這時候，我媽媽突然啜泣起來，就像我婚禮那天，做彌撒的時候。

葬禮後，大家在咖啡坊裡用餐，桌子一張一張併起來。剛開始，是一片寂靜，然後談話轉趨熱絡。孩子，睡飽了午覺醒來，一朵小花、一把石子，所有他在花園裡找到的東西，一樣樣拿來送給每個人。我爸爸的哥哥，座位離我滿遠的，他探過身子湊近我，跟我說一句話：「你爸爸以前都騎腳踏車載你上學，你還記得嗎？」他聲音和我爸爸很相像。約莫五點鐘，客人都走了。我們把桌子整理好，誰都沒說話。我先生當天晚上又搭火車走了。

我留下來幾天，陪我媽媽一起辦喪事之後的一些手續。到戶政事務所辦死亡登記、付葬儀社的錢、回覆慰問函。用 A.D. 遺孀的身分印新名片。一段空白時期，腦子空空。有好幾次，在街上走，心裡盤旋一個念頭：「我是個大人了」。（以前，我媽媽說：「你是個大女孩了。」因為月經來。）

我們整理了我爸爸的衣服，分送給有需要的人。他每天穿的那件短外套，掛在食物儲藏室裡，我在口袋裡發現他的皮夾。裡面，有一點錢，有駕照，而且皮夾折攏的部分，有一張相片塞在一張報紙剪報裡面。相片，是舊的，花紋裁邊，照的是排成三行的一夥工人，都注視著鏡頭，全戴大盤帽。歷史書裡典型的照片，附加在某次罷工事件，或是在提到人民陣線時的旁襯圖片[2]。我認出了我爸爸，在最後一排，表情嚴肅，樣子很不安。大部分人在笑。報紙剪報是榜單，女師專入學考的榜單，根據成績排名。第二個名字，是我。

我媽媽恢復了平靜。她招呼上門的客人，一如往常。一個人的時候，她臉色就衰垮下來。每天，一大清早，店還沒開門，她養成先到墓園走一走的習慣。

2 人民陣線（le Front populaire）於一九三五年成立，是一個聯合了社會黨、激進黨、共產黨等的左派組織。一九三六年大選時獲勝，由其中得票最多的社會黨主導組閣。

禮拜天，在回程的火車上，我逗我兒子玩，好讓他乖乖的不吵鬧，頭等車廂的乘客不愛噪音，不愛小孩動來動去。突然間，我愣了一下，「現在，我還真是個中產階級」，還有「一切都太遲了」的想法，猛然上心頭。

後來，在那年夏天，我等我第一次的教職分發，心裡直想，「我必須把這一切說清楚」。我的意思是，以我爸爸為題材來寫作，他的一生，以及從我青少年時期就存在的，他和我之間的距離。階級的距離，可是，是一種特殊的，無以名之的階級。就像分據兩處，不相交的愛。

接下來，我動手寫小說，他是主角。寫到一半覺得反感。

不久前，我明白了是不可能用小說來呈現的。要描述為升斗折腰的一生，不應該先決定藝術表現形式，也不應該尋求一些「至情可感」，或者是「撼動人心」的事情。我拾掇我爸爸的話語、他的動作、他的喜好，他人生裡的一些重要事件，還有我曾和他一起分享的生活印記。

回憶裡，詩意闕如，也沒有歡喜快樂，沒有讓人會心的一抹微笑。平鋪直敘的文筆自然的流露紙頁，這種寫法，就像我以前寫信給我爸媽，報告生活近況一樣。

往事要追溯到邁入二十世紀前的幾個月，在「科」（Caux）那地方的一個小鎮，距離海濱二十五公里。沒土地的人到地方上的大農戶家裡當雇工。所以我祖父就在一座農莊裡當馬車夫。夏天時候，他也要幫忙收割牧草、莊稼。他一輩子沒做過別的行當，八歲以後就一直這樣過活。到禮拜六晚上，他賺的工錢都帶回來給老婆，她給他一點零花，讓他禮拜天去玩玩多米諾骨牌、喝喝小酒。他總是醉醺醺的回家，甚至耷拉著陰沉的臉色。動不動，他就拿大盤帽揍孩子。他是個粗暴的漢子，沒人敢找他的碴。他老婆可沒得每天笑咪咪的。這股蠻橫勁兒是他的精力所在，是他對抗貧困的力量所在，好相信他自己是個男人。尤其，讓他更加暴戾的，是看到家裡有人埋頭看書或是看報紙。他沒有多餘的時間學讀書、寫字。算帳，他懂的。

我只見過我祖父一次，在養老院裡，三個月後他就在那兒過世。我爸爸牽著我的手，走過兩排的床，走進一間寬敞的大廳，朝著一個個子小小的老頭走去，他頭髮捲捲、白亮亮的。他一直看著我笑，非常慈祥。我爸爸偷偷塞給他一瓶小瓶的燒酒，他把酒往被單裡藏。

每當有人跟我提起他，第一句話總會說「他不識字，也不會寫字」，好像沒有這項前提，他這一生、他這個人就無法理解。我祖母，她在修女學校讀過書。她和村子裡其他女人一樣，在家裡織布，交貨給盧昂的一家工廠，她們都在一處沒有空氣的作坊裡工作，光線只從一道狹長的細縫裡透進來，細縫才比槍眼洞稍稍大一點。布疋不能被光線所傷。她自己一身保持得很乾淨，還有她家裡也是。乾淨，是村子裡最重視的品德，鄰居們會窺探掛在繩子上晾乾的衣物白不白，她們知道尿桶是不是每天倒。雖然每戶人家都有籬笆、路塹隔開來，你家的事仍然逃不過旁人的眼睛，包括男人幾點鐘從小酒館回來，月經帶應該哪個禮拜懸在風中飄搖。

我祖母還是有種高雅的氣度，節慶的日子，她會穿硬紙板做的撐裙架，她不會像村子裡多半的女人那樣，為了圖方便，在裙子的遮擋下站著尿尿。到了四十歲，生了五個孩子以後，她卻萌生灰暗的念頭，會好幾天不說話。後來，雙手雙腳都患了風溼。要醫病，她就到教堂去見聖·里奇埃（Saint Riquier）、沙漠之聖·紀堯姆（Saint Guillaume du Desert），拿她敷在患處的巾子在雕像上擦拭。漸漸的，她不能走路。家人租了一輛馬車載她到聖人那裡去。

他們的住屋是間低矮的房子，茅草蓋頂，夯打的地面。掃地前灑水就可以了。他們靠園子裡的作物、雞窩裡的雞，以及農莊主人給我祖父的牛油、奶油過活。遇有婚禮或是領聖體的日子，早在幾個月以前就記掛在心，他們曾經先餓三天肚子，再去大啖一頓撈回來。

村子裡有個孩子，發了猩紅熱剛復原，人家餵他吃雞肉，他卻在嘸不下去吐出來的時候噎死了。夏天的禮拜天，村裡的人都到「遊藝會」去，那地方有得玩，有舞可跳。一天，我爸爸玩爬竿奪彩，爬到高處沒有取下裝滿食物的那一籃子，人就滑下來。我祖父氣壞了，好幾個小時氣不消。臭罵他「大土綬」（諾曼第火雞的名稱）[3]。

麵包上畫十字架[4]，彌撒，復活節。和乾淨一樣，信仰帶給他們尊嚴。他們穿上禮拜天穿的衣服，和農莊士人一起頌唱《信經》，拿幾毛錢放在盤子裡奉獻。我爸爸是詩班的一員，他喜歡陪著本堂神父，給那些臨終的信徒送聖體。他們經過的時候，人家都會脫帽。

孩子身上總會有些蟲。要驅蟲，就縫上一小袋大蒜，縫在衣服裡面，靠近肚臍眼的地方。冬天時候，耳朵裡塞棉花。我讀普魯斯特或是莫里亞克的小說，總不覺得他們提到的那個年代，是和我爸爸小時

3 原文是 piot，指的是諾曼第特有的火雞品種，中文只能以火雞的別稱「吐綬」稱之。
4 法國天主教信仰的習俗，在切麵包之前，先用刀在麵包上畫個十字架，以示祝聖。

候同一時期[5]。他那時的環境，等於是中世紀。

◇

到學校去，要走兩公里的路。每個禮拜一，老師都會檢查指甲，汗衫的領口，頭髮，因為會長頭蝨。老師很嚴，會用鐵尺敲打手指頭，給我守秩序。有些學生的學校畢業成績是這個郡的頭幾名，有一、兩個學生考上了師專。有幾天我爸爸沒到學校去，因為有蘋果要採收，有乾草、麥稈要紮成捆，該播種的要播種，該收割的要收割。當他和哥哥再到學校去的時候，老師嚷嚷了，「你們父母親是想要你們和他們一樣翻不了身啊！」他學會了讀書、寫字，正確拼寫每個字。他喜歡學（我們只簡單的說「學」，就像「吃」、「喝」）。也學會畫畫，畫人頭，畫動物。十二歲，他升上畢業班。我祖父不讓他再去上學，要他和他一起到同一個農莊工作。誰家也不養這種不做事的閒人。「人家可沒這種打算，哪家都一樣。」

我爸爸的初級讀本，書名叫做《兩個孩子環遊法國》。書裡有些奇怪的句子，例如：

謹記：對自己的命運要知足（326版186頁）。

世界上最美好的事，是窮人的施捨（11頁）。

以愛聯繫在一起的家庭，擁有世上最大的財富（260頁）。

富有的人最快樂的事，是能夠幫助別人，減輕窮困（130頁）。

5 普魯斯特（1871-1922）、莫里亞克（1885-1970）和作者的父親（1899-1967）大約生活在同一個時代，而前兩位作家在小說中對於這個時代的描寫，是上流社會奢華的生活，這和作者父親低階的俗民生活，恰成強烈對比。

對窮人家的孩子來說，所謂美德是：

積極的人一分鐘也不浪費，而且，在過完一天以後，他會覺得每個小時都有收穫。相反的，怠惰的人總是把現在該做的事拖到以後；他整天慵慵懶懶、忘東忘西，不管是在床上、在桌上，還是在跟人說話的時候，他都是這樣；過完了一天以後，他一事無成；月月年年過去了，臨到老年，他還在原地踏步。

這是他唯一留下來當紀念的書，「我們覺得書上講的都是真的」。

他要在早上五點鐘擠牛奶，還要清理馬廄，洗刷馬匹，晚上再擠一次牛奶。農莊主人給他的待遇是，漿洗衣服，放飯吃，供住宿，給點零花。他睡在牲畜棚子上面，只有一堆乾草，沒有床單。牲畜夜裡做夢，整個晚上腳蹄子蹭蹬著。他回想起爸爸媽媽家，是現在他不准回去的地方。

他有一個妹妹，也在這兒當女佣，料理大小雜事，她偶爾會出現在牲畜棚子的門板旁，帶著包袱，一句話不說。我祖父罵她，她不懂得辯白她為什麼又一次逃走。同一天晚上，他又帶她回農莊主人那裡，羞辱她。

我爸爸生性開朗，愛玩、愛耍寶，隨時可以講故事。農莊裡沒有他這個年紀的孩子。禮拜天，他和哥哥是神父做彌撒的幫手，哥哥也和他一樣是牛倌。他常常到「遊藝會」去，跳跳舞，找以前學校的同學。我們還是過得很快活。總該快活過日子。

他入伍當兵以前，一直在農莊裡幫工。有工作就得做，不計時數。農莊主人對食物很苛扣。一天，一位老牛倌的盤子裡有片薄薄的肉，肉片卻輕輕伏動，底下蓋滿了蟲。這已經超過容忍的限度。老牛倌站起來，抗議他們不應該把他當狗一樣。肉拿去換了。這裡不是波坦金戰艦，不會有叛變[6]。

早上照料牛，晚上也照料牛，十月下起毛毛細雨，蘋果一簍簍的倒進壓榨機，用鏟子鏟起雞舍裡的糞便，又是熱又是渴。不過也有國王餅，俗民曆[7]，烤栗子，封齋節前的禮拜二是最後一天的狂歡日，「你別走我們要做可麗餅」，塞著瓶口的蘋果酒，以及用一根麥稈吹氣就脹大的青蛙。在這樣的日子裡很容易做些這樣的事。春夏秋冬往復循環，單純快樂，田野靜謐和祥。我爸爸耕作的田是別人的，他看不見母土的美麗、壯闊，也見識不到其他的奧祕。

一九一四年的戰爭，留在村子裡的只剩我爸爸這樣的少年人，以及老年人。他們是被照料的。他依著軍隊的調度，在廚房牆上的地圖移防前進，他也發現了黃色書刊這玩意兒，還到Y鎮去看電影。大家都把銀幕下方的對白大聲念出來，很多人來不及讀到最後一個字。他哥哥從軍中休假回來滿口黑話，他也學會講。村子裡的女人仔細檢查在前線的丈夫每個月打包回來洗濯的包裹，是不是少了什麼，有沒有缺了哪件貼身衣物。

戰爭抖落了時間的束縛。村子裡，有人玩溜溜球，有人在咖啡廳裡不喝蘋果酒，改喝葡萄酒。舞會上，女孩子越來越不喜歡農莊的小伙子，他們身上總有股味兒。

入伍服役，讓我爸爸見識到這個世界。巴黎，地下鐵，洛林省的一個城市，穿起來顯得人人平等的制服，分別從各地來的袍澤，比城堡還大的營區。在軍中，把他被蘋果酒蛀掉的牙，換成假牙。他常常請人幫他拍照。

6 俄國導演愛森斯坦在一九二五年執導的一部電影，內容敘述戰艦上極差的伙食引發了船員叛變。

7 一八八六年時出現的一種日曆記事。類似我們的農民曆，裡面記載太陽升沒的時刻、月亮的盈虧、播種的建議、天氣諺語等等，有時還附上一些有趣的故事、猜謎遊戲。

退役以後，他不願意再回去務農。他都是用culture這個字稱呼農事，culture的另外一個意思，文化、精神層次的，對他沒用處。

當然，除了工廠以外沒有別的選擇。度過了戰爭期，Y鎮邁入工業化。我爸爸去一家繩纜工廠做工，那地方招募十三歲以上的男女工人。這是個不髒手的工作，也不必吹風曬日頭。那地方有廁所，有衣帽存放處，男工，女工各放一處，還有固定的上下工時間。晚上，鳴笛一響，他就得了閒，他身上再也聞不到奶臊味。脫離了地獄。在盧昂、在哈佛港，可以找到薪水更高的工作，但他得要離開家，離開受病痛折磨的媽媽，搬到那地方，適應處處陷阱的城市。他沒那個膽：和牲畜、原野共度八年，柔了性子。

就一個工人來說，他是個規矩的人，也就是說，不偷懶、不嗜酒、不花天酒地。只看看電影、跳查爾斯頓舞[8]，不過不到小酒館。很受頭子重視，不參加工會，不玩弄政治手腕。他買了一輛腳踏車，把每個禮拜賺的錢攢下來。

我媽媽應該滿欣賞他這些的，她來到繩纜工廠以後認識他，以前，她在人造奶油工廠做過工。他身材高大，棕髮，藍眼睛，腰桿挺直，有那麼點「自信」。「我先生從來不像個做工的。」

她父親早過世。我外祖母在家裡幫人車衣服、洗衣服、燙衣服，養活六個孩子裡後頭幾個年幼的。我媽媽和她幾個姊妹，禮拜天都到糕餅店買一紙袋的蛋糕碎塊。他們並沒有立刻密切交往，我外祖母不願意太早讓人把她女兒娶走，每嫁掉一個，就去了大半收入。

8 一九二〇至一九二五年時流行於歐洲的美國舞蹈。

我爸爸的姊妹，在中產階級有錢人家裡幫傭，她們瞧不起我媽媽。人家都說工廠裡的女孩不會鋪床，只會追男人。村子裡，人家覺得她太野。她模仿報刊上的流行式樣，是率先剪短頭髮的幾個女孩之一，穿短裙，畫眼影，塗蔻丹。她大聲笑。事實上，她不會讓人在廁所裡對她輕薄，每個禮拜天她都去望彌撒，她會在床單上鏤空花紋，縫繡自己的新娘禮服。她是個伶俐的女工，愛拌嘴。有幾句話她常掛在嘴邊，這是其中一句：「這些人比不上我呢。」

在結婚相片裡，可以看到她的膝蓋。頭紗箍住她的額頭，一直遮到眼睛上，她酷酷的盯著鏡頭。她像極了莎拉．貝恩哈特[9]。我爸爸偎著她，站在旁邊，一撮小鬍子，還有「圍兜似的衣領」。他們兩個誰都沒笑容。

她總覺得表達愛意很丟臉。他們彼此沒有親暱的撫摸，沒有柔情的動作。在我面前，他只是忽然低頭親她一下臉頰，好像盡盡義務。他常跟她說些日常瑣事，說的時候目光都專注看著她，而她眼睛低垂，忍著笑意。年紀漸長，我才明白那是他對她求歡的暗示。他嘴裡不時哼著〈跟我說說愛這回事〉，而她在我們平常吃飯的時候，會很感動的唱著〈我人在這兒要來愛你〉。

他知道不要再像他父母親那麼貧窮，有個必要條件：別忘我的沉溺在女人身上。

他們在Y鎮租了房子，在一條人來人往的街上，和一落屋子簇擁在

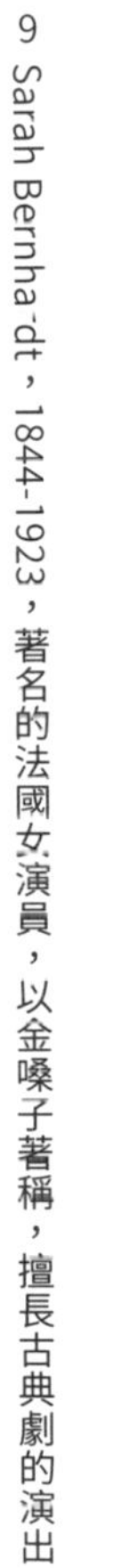
9 Sarah Bernhardt，1844-1923，著名的法國女演員，以金嗓子著稱，擅長古典劇的演出。

一起，房子另一頭朝向眾人公用的院子。樓下兩間房，樓上兩間房。這對我媽媽特別有意義，她夢想中的「樓上的房間」終於成真。以我爸爸的積蓄，他們該有的都有了，一間飯廳、一間房間，房間裡的大衣櫃有穿衣鏡。生了個女兒，我媽媽待在家裡。她開始操煩。我爸爸找到了一個工資比繩纜工廠優厚的工作，去當蓋屋瓦的工人。

一天，我爸爸被人送回家，他沒了聲音，他從他修理的屋架上跌下來，還好只受到嚴重驚嚇，這件事讓她起了個念頭。做個小生意。他們開始省吃儉用，少吃很多麵包，少吃很多豬肉。在幾種可能的營生之間，他們只能選擇投資不必太大，不必特別技術，只是單純的貨物買進賣出。也不能是太貴的貨品，因為大家賺的都不多。禮拜天，他們騎著腳踏車，去看看附近幾家小酒館、郊外幾家兼賣服飾縫紉用品的雜貨鋪子。他們探探消息，看附近是不是有同業競爭，他們很怕被人拐了，虧光所有，落得又得回去當工人。

L鎮，距離哈佛港三十公里，冬天時分霧氣長日凝滯，尤其是河川沿岸，陡壁夾岸的河谷區。外來勞工群居的聚落，就在一座紡織工廠附近，五〇年代以前，這工廠是這區域最大的，原來屬於戴惹內德家族所有，後來被布撒克家族收購。女孩子學校畢業以後，都進紡織工廠，過沒多久，工廠闢了個處所，早上六點以後就可以把這些女孩的孩子送到這地方安置。絕大部分的男人也都在這家工廠做工。在斜谷的坡底，河谷區只有一家兼賣食品雜貨的咖啡坊。天花板很矮，一伸手就摸得到。屋裡很暗，大中午也得點燈，有個小小的院子，院子有間廁所，廁所汙水直接排入河川裡。他們並不是不在乎這樣的環境，可是他們得過活。

他們貸款買下了店面。

一開始，這是夢寐以求的樂土。食品櫃，飲料櫃，肉醬罐頭，一塊塊蛋糕。很訝異現在賺錢居然這麼容易，用不著費勞力，訂貨，上架，秤重，算算錢，說聲謝謝你。頭幾天裡，門上掛的鈴鐺一響，他們兩人在店裡倏地同時站起，一迭聲問道：「還要這個嗎？」一次次行禮如儀。他們自得其樂，人家都稱呼他們老闆、老闆娘。

憂慮是這麼開始的：第一次來了個女人把她要買的東西裝進袋子以後，才壓低了聲音問，我這個時候手頭緊，能不能禮拜六再把錢帶過來。隨後又來了另一個女的，後來又有另一個。要讓人賒帳，或者要回工廠做工。讓人賒帳對他們似乎是比較好的解決方式。

面對這種狀況，格外不能有慾望。除了禮拜天，沒得喝餐前酒，也不能開罐頭吃。不得不和兄弟姊妹疏遠，每次有家庭聚餐，他們都得要搶先付帳，以表示自己有錢。老是擔心把店吃垮。

那段日子，經常在冬日時分，我上氣不接下氣、餓著肚子從學校回到家。家裡一盞燈都沒開。他們兩人在廚房，他，坐在桌前，凝視窗外，我媽站在瓦斯爐旁。厚厚實實的沉默壓在我身上。偶爾，他或她，開口說「得把它賣了」。這時候我不必白費力氣寫什麼功課。大家都去了別的地方買，往消費合作社去，往工人生產合作社去，隨便到哪兒去買都行。這時候一個不明就裡的顧客推開店門走了進來，這簡直是在捉弄他們。對這位客人不會有什麼好聲氣，他得替所有那些沒上門的人受罪。世界拋棄了我們。

◇

河谷區的咖啡坊，收入比不上工人的工錢。我爸爸得到下萊茵的一處建築工地去做工。他套著長筒塑膠靴子在水裡工作。做這一行不一定要會游泳。我媽媽一個人白天看店做生意。

一半商人，一半工人，同時腳跨兩頭，注定孤單，也注定隨時保持戒心。他沒有加入工會。他擔心火十字團會進占L鎮[10]，害怕共產黨的紅軍會搶了他的店。他自己心裡暗暗有這樣的念頭。不必把這些扯進生意裡。

財務上的漏洞一點一點形成，又扯上了貧窮，只差一點就到那步田地。賒帳使他們和許多做工的家庭、許多身無分文的人聯繫在一起。雖然是靠著他人的需要過活，但是一直很體諒這些人，很少拒絕「記在帳上」。不過他們總覺得有權利教訓那些沒有為將來打算的人，有權利威脅那些沒帶錢來的孩子——每到週末做媽媽的自己拉不下臉，都故意派孩子來買——說：「回去告訴你媽媽，她得想辦法還一點錢，要不然我不會再賣給她了。」賒帳的人要到已經很沒面子，才會不敢再上門。

她是個非常與眾不同的老闆娘，總穿白色衫子。而他看店時則穿那件藍色工作褲。她不像其他女人那樣會說：「要是我買這個，要是我去那裡，我先生準跟我吵。」自從我爸爸入伍以後，他就不再去望彌撒，為了要他禮拜天上教堂，她會對他「宣戰」，要他改掉這種沒教養的行為（也就是說鄉下人、工人才會有的行為）。他把訂貨和會計的工作讓她做。她是個哪兒都去得的女人，換一種說法就是，能跨越各種社會階層的藩籬。他很佩服她，可是當她說『我會噗出一陣風。[11]』他會取笑她。

他到「標準」石油煉油廠去上班。煉油廠位於塞納河入海口的小港灣。他值夜班。白天，因為顧客進進出出，他沒辦法睡得著覺。他日漸虛腫，身上老是有一股汽油味，味道附在他身上，這味道也灌飽了他。他吃不下東西。他賺很多錢，有了未來。老闆許諾工人有美麗的居家社區，有浴室，室內有廁所，有花園。

10 於一九二七年成立的極右派組織，鼓吹法西斯主義，與法國共產黨激烈對立，曾於街頭遊行示威，和警察發生衝突。到三〇年代，該組織被人民陣線吸納。在二、三〇年代，法國政壇動盪，而且經濟不景氣，各階層人士所得均大幅縮水。

11 意思就是說，她放屁。但是她刻意用文雅而不通的說法，顯得滑稽。

在河谷區，秋天茫茫的霧，凝滯整日。下一陣暴雨，河水就漫進屋子裡。為了除掉水老鼠，他買了一隻短毛狗，牠一口就咬斷水老鼠的背脊。

「總有比我們更不幸的人。」

一九三六年，一個夢幻般的回憶，他很訝異，從沒想到的一個政權上了台[12]，而且到確定他們保不住政權的時候，他也甘心認了。

咖啡坊長年不放假。他在他有給薪的假日在店裡幫忙。親戚常常到店裡來，怡然吃喝。很高興能在當製鍋工匠或者是在鐵路局上班的姊夫、妹夫面前，擺出一副卓然豐盛的景象。背地裡，他們被視為有錢人，只有被罵的份。

他不喝酒。他努力保住他的職位。看起來更像個商人，而不像工人。在石油提煉廠裡，他當了工頭。

我寫得很慢。在努力想要從他一生歧路旁出、紛綸陳列的事件中編排出別具意義的脈絡時，我總覺得反而會逐漸丟失我爸爸特殊的面貌。構圖會占去所有的位置，意念自行其道。相反的，要是我任由記憶中的影像浮掠而過，倒是能夠如其然的看見他本來的樣子，他的笑，他走路的步態，他牽著我的手到遊樂場，到讓我害怕的旋轉木馬去；有其他人事物伴隨的情節、事件，會讓我變得漠然。每每，我得從個人自我表現的桎梏中掙脫出來。

自然，創作的滿足感是沒有的，這種寫法讓我自己更貼近於曾經聽

12 「人民陣線」於一九三六年主政，推行經濟、社會改革制度，提高工人的薪資，並且施行假期也一律給付薪水。未久，因為資產階級的抵制，社會改革未獲預期效果，難以為繼，便於一九三七年暫緩實施。

過的字與句子，這些字句有時我用斜體字把它標出來。這並不是要向讀者指明它是雙關語，享受和作者同謀的樂趣，不管它想要傳達的是什麼，是懷舊的心情，是有意感動讀者，或是帶一點揶揄的味道，我都拒絕這麼做。我引用那些字、那些句子，單純只是因為它述說了我爸爸所處那個世界的畛域與色調，而我也生活在那個世界中。我們從來不會把一個字當成是另外一個字，拐彎抹角。

有一天，小女孩從學校回來喉嚨很痛。高燒一直不退，是白喉病。和河谷區別人家的孩子一樣，她沒有打預防針。她死去的時候，我爸爸人在煉油廠。他回到了家，街道另一頭的鄰居都聽見了他的哭嚎。他好幾個禮拜木木呆呆，接著陷在憂鬱裡，都不說話，坐在飯桌前他的位子，只看窗外。動不動就垂頭喪氣。我媽媽從衫子裡掏出一條抹布，一邊擦著眼睛，一邊說：「她七歲就死了，好像個小聖女。」

一張在河邊小院子裡照的相片。捲起袖子的白襯衫，看似法蘭絨料子的長褲，肩膀下垂，手臂稍微圓圓的。不太高興的樣子，說不定，是姿勢還沒擺好，突然被鏡頭一照嚇一跳。他四十歲。在這張相片裡，一點也看不出來過去的苦日子，也看不出來對未來懷希望。只是有一點光陰的印記，一點點小腹，兩鬢黑髮往後退去，比較不明顯的，還有一點社會階級的印記，兩手開開的站，沒貼著身體，背景有廁所和洗衣間，中產階級的有錢人不會在相片裡挑這樣的背景。

一九三九年，他沒有被徵召入伍，年紀已經太大了。當時煉油廠被德國人炸毀，他騎腳踏車離開L鎮，而她懷著六個月的身孕，在汽車裡占到一個位置。在奧德美橋，砲彈碎片扎破他的臉，他到一家唯一還在做生意的藥房去敷藥。持續轟炸著。他找到了岳母和小姨子以及小姨子的小孩，還有擺在利濟厄教堂前面台階上一箱箱的東西，逃難的人黑壓壓一片擠在這裡，連教堂前面的空地都擠滿人。他們覺得在這裡有庇護。當德軍來到這地方，他已經回到了L鎮。咖啡坊裡的食品雜貨被那些沒有離開的人掠奪得一乾二淨。不多久我媽媽也回家來，接下來那個月我就出生了。在學校，當我們有問題不明白的時候，人家就叫我們「戰爭年代的孩子」。

◇

一直到五〇年代中期，在耶誕夜，團聚吃飯的時候，總會以多聲部的合音唱詠這個時期的事蹟，反覆宣敘一九四二年那個冬天恐懼、飢餓、受凍的主題。不管怎樣都得好好活下去。每個禮拜，我爸爸去一間倉庫載回來批發商不願意送的貨物，倉庫距離L鎮三十公里，他在腳踏車後面加掛一輛小台車，就這樣載。一九四四年，在諾曼第的這個地區，轟炸從沒間斷，他繼續來回補貨，為老年人、為那些食指浩繁的家庭、為那些買不到黑市東西的人，懇求人家額外多賣他一些。在河谷區，人家稱他是物資補給的英雄。這不是他自願的，而是不得已。從此以後，他相信自己確實扮演了一個重要角色，相信自己確確實實活在那個年代。

禮拜天，他們不做生意，到樹林裡散步，帶著沒加雞蛋的牛奶烘餅去野餐。他把我架在他的肩膀上，哼著歌，吹口哨。一聽到防空警報，我們就帶著狗鑽到咖啡坊的彈子台下面躲。經歷了這些事以後，接下來會有一種「這是命」的感覺。法國光復時，他教我唱〈馬賽曲〉，在歌詞後面還加上「一窩豬」（tas de cochons），以便和「戰地」（sillon）押韻[13]。和周遭的人一樣，他很開心。只要一聽到飛機的聲音，他就牽著

13 〈馬賽曲〉最後一句歌詞為 qu'un sang impur abreuve nos sillons（讓他們不潔的血澆灌在我們的戰地），而作者父親戲謔的擅改歌詞。

我的手到馬路上去，要我看天上，有大鳥：戰爭已經結束。

一九四五年，在普遍樂觀期待的牽動下，他決定搬離河谷區。我那時候常常生病，醫生希望送我去療養院。他們把店賣了，要回Y鎮，那地方多風的氣候，而且沒有河川或小溪流，他們覺得對健康好。我們坐在搬家卡車的前座，抵達了Y鎮，卡車直接開進市集裡，十月的市集。這個小鎮曾經被德軍一把火燒過，木棚子和旋轉木馬矗立在瓦礫堆中。有三個月的時間，他們住在一間兩房的房子裡，有家具，沒電，地面是夯實的泥土地，是向一位親戚借住的。類似他們那種生意，沒有一家不是在脫售。

他到市政機關去當雇工，填平炸彈坑洞。晚上，她把身子靠在握柄上掛著幾塊抹布的老爐子旁，嘮叨著：「這算哪門子工作。」他從來不搭腔。下午，她帶我到鎮上散步。被炸毀的只有市中心，各別的幾間屋子裡還開店做生意。貧窮的程度，用一個景象來衡量：一天，天已經黑了，一扇小窗的窗台上，是街上唯一明亮的地方，糖果，粉紅色、橢圓形的，沾著一層白粉，閃閃發亮，裝在一袋袋的玻璃紙裡。我們沒有權利買，必須要有票。

他們在火車站和濟貧院的半途，離市中心遠一點的城區，找到了一處店面，是一間兼賣食品、木材、煤炭的咖啡坊。那家店以前是我媽媽小女孩的時候會去買東西的地方。這是一幢鄉下房子，在房子一端另行以紅磚頭加蓋一間耳房，有個大中庭，一座花園，還有六、七棟建築物充當倉庫。在一樓，食品鋪子和咖啡坊之間，有一間狹小的房相通，房裡的樓梯通到樓上的房間和小閣樓。雖然這間房改建成廚房，客人還是拿這裡當作食品雜貨鋪和咖啡坊之間的通道。在樓梯的台階上、在房間的門邊，堆滿了怕潮的食品，咖啡、糖等等。在一樓，沒有任何私人空間。有幾間廁所設在院子裡。我們終於活在清新的空氣中。

我爸爸的工人生涯就在這裡畫下句點。

在他開的咖啡坊附近，也有其他幾家一樣的店，可是別家的貨架上沒有食品雜貨。有很長一段時間，市中心還像是廢墟，戰前賣精緻食品的幾家店在一間間黃色木棚子裡擺攤位。沒有人會危害他們的生意。（這種說法，還有其他種種說法，和我的童年密不可分，我努力思辨了一番，才把當時這個詞裡所含的威脅意味剔除掉。）這城區裡的人，比較不像L鎮那樣清一色是工人，還包括有工匠，和在瓦斯公司或者是中小型工廠工作的雇員，以及「收入微薄」的退休人士。人和人之間的距離更遠。幾間粗砂岩的獨棟房子，孤立在圍牆裡，旁邊緊挨著一落落的建築，五六幢平房聚成一落，共用一個院子。到處都是菜園子。

熟客聚集的咖啡坊，定時在工作之前或之後來喝一杯的酒客，所以座位是別人不可侵占的，同一個工地的夥伴自成一群，有些客人，會根據他們的身分挑人少的位置坐，像是退休的海軍軍官、社會保險的稽查員等等一些沒什麼好神氣的人。禮拜天的客人，和平日不同，大約都在上午十一點，全家帶來喝開胃酒，讓小孩喝石榴果汁。

下午，濟貧院的老人可以自由活動到六點，開開心心、吵吵鬧鬧，扯開喉嚨唱抒情小曲。有時候，得先讓他們在中庭旁邊的一棟建物裡的毯子上躺一會兒，好從一杯接一杯的燒酒裡醒過來，等他們可以見人的時候，才把他們送回好心的修女那裡。禮拜天的咖啡坊成了他們的家。

我爸爸明白咖啡坊具有某種必要的社會功能，能提供一個歡慶、自由的場所，給那些他口裡所謂「他們可不是一直都這個樣子」但也無法解釋為什麼會到如今這步田地的那些人。可是，對那些從來沒踏進這裡一步的人來說，這裡顯然是一處「下等的小酒肆」。

當隔壁的襯衣作坊散工時，女孩子們會到這裡來喝酒，祝賀有人生日、有人結婚、有人出門遠行。她們把這個塞滿了箱子、盒子的食品雜貨鋪子當作是仕女專用的小客廳，她們沾著唇喝點氣泡酒，三兩成群的迸出一簇簇笑聲，俯在桌前笑彎了腰。

◇

一邊寫著，一邊覺得路徑狹隘，我夾在兩頭之間，一方面想把所謂低下階層的生活描繪得受人敬重，另一方面卻又想表現出和這種生活形態保持著距離。這原因在於，這種生活的方式屬於我們，我們身處其間甚至覺得幸福，不過這也讓我們心裡很矛盾，覺得自己的景況有失顏面（心底明白「我們家這樣不是太好」），我想要同時表達幸福的感受，以及這種悖離的心境。

或者該這麼說，在這兩頭之間，有如從這一岸顛簸到另一岸，相互扞格。

◇

五十來歲的一張相片，還值壯年，頭擺得端端正正，表情看得出來心裡有掛慮，像是擔心相片拍壞了。他穿著成套的西服，暗色長褲，襯衫，領帶，外加一件淺色西裝。相片是禮拜天拍的，平日，他穿藍色的工作服。通常，在禮拜天才拍照，比較有空，穿得體面一點。我站在他旁邊，穿鑲邊的連身裙，兩隻手伸得直直的，握著腳踏車車把，一隻腳擱在地上，這是我生平第一輛腳踏車。他垂著一隻手，另一隻手叉在褲頭。後面的背景，是敞著門的咖啡坊，栽種在窗台的花，窗口上方，掛著准予酒類零售的執照牌。我們和我們引以為傲的東西一起入鏡，店面，腳踏車，以及後來的雪鐵龍 4CV，他把一隻手臂靠在車頂上，這姿勢讓他的西裝看起來鼓鼓的。每一張相片他都沒笑。

和年輕的時候比起來，煉油廠的三班八小時制，河谷區隨處可見的水老鼠，現在顯然比較幸福。

我們擁有所需用的一切，也就是說我們餓了就有得吃（從每個禮拜到肉販子那裡買四次肉就可見一斑），我們的廚房和咖啡坊暖呼呼，我們住那僅有的兩間房。兩套衣服，一套是平日穿，另一套禮拜天穿（前一套破舊了，就把禮拜天穿的淘汰成平日穿的）。

我有兩件學校制服。這女孩兒家該有的一樣也不缺。在寄宿學校裡，沒有人會說我比別人家差，我和大農戶家的女兒，和藥劑師家的女兒一樣，有洋娃娃，橡皮擦，削鉛筆刀，冬天穿的毛氈鞋，念珠，以及天主教的彌撒經本。

他們有餘裕裝飾住家了，拆掉了會勾起舊日時光的東西，外露的屋樑、壁爐、木頭桌子，以及麥稈編製的椅子。貼上了花壁紙，櫃台上了漆，發著亮，幾張四腳桌子，幾張仿大理石的單腳圓桌，咖啡坊變得乾淨、明朗，大塊方格子、黃棕兩色交錯的塑膠地磚，鋪滿了房間地板。唯一還保留了很久的，可以作為對比的舊東西，是木筋牆的門面，白黑相間的條紋；用粗灰泥重新粉刷牆面，超過了他們的負擔。

有一次，我的一位女老師經過我們家門口，說道，我們的房子很可愛，是諾曼第典型的房子。我爸爸認為她這麼說是客套話。那些欣賞我們老東西的人，院子裡的抽水幫浦、諾曼第的木筋牆，自然是想要攔阻我們擁有他們已經擁有的，他們，有摩登的設備，洗碗槽接了自來水，住獨棟的白色房子。

他借了錢，成了四面牆、一塊地的主人。親戚裡還沒有人像他這樣。

在看似幸福的背後，有一股拚命賺錢的急迫緊張感。我沒有三頭六臂，實在忙不過來。甚至連上廁所的時間也沒有。感冒了，我啊也是忙得邊走邊感冒。等等的。日常生活的讚歌。

該怎麼描寫什麼東西都很貴的那樣一個世界的景象。有十月的早晨衣物清爽乾淨的味道，收音機裡最後的那首曲子一直在腦子裡嗡嗡作響。突然，我衣服的口袋勾到了腳踏車把手，扯破了。慘事一樁，叫叫嚷嚷，一天就過去了。「這女孩兒真是糟蹋！」

免不了把事物神聖化。而且會在所有的話裡，在這一句、那一句，我所說的話裡，疑心其中帶有羨慕、帶有比較。當我說，「有個女孩子去過羅亞爾河的城堡遊覽，」立刻，我爸爸媽媽就發火，「要去，以後時間還多得是。你現在有這些，就應該很知足。」一直有所匱乏，彷彿見不到底。

然而，想要擁有某一樣東西常常只是因為想要滿足慾望，到底我們並不清楚什麼是美，什麼才合意。不管是顏色、樣式、需要哪些東西，我爸爸一向信賴油漆工、和做細活的工匠給的建議。會做成什麼樣子完全不清楚，要等到那一樣樣的東西有了具體形狀，才恍然明白。

在他們房間裡，沒有任何裝飾，只有幾張裱框的相片，幾件為母親節買的小桌布，在壁爐上，有個陶瓷做的小孩半身塑像，這是我們買沙發時，賣家具的商家額外的贈品。

一再複現的主題樂句：

屁股就這麼點高，不要想翹到哪兒去。

擔心舉止不得體，擔心丟臉。一天，他拿著二等車廂的車票，誤上了頭等車廂。查票員要他補足差額。另一件讓他覺得丟臉的往事：在公證人家裡，得第一個寫：「已閱，無異議」（lu et approuve），他不知道字該怎麼拼，他根據發音，選了「無異義」（a prouver）這個拼法。在回家的路上，他很不安，揮之不去這個錯誤拼字。自尊抹上了陰影。

這個時期的喜劇片，可以看到很多頭腦簡單的英雄人物，以及鄉下人，他們進了城，或是到了上流社會裡的行為舉止（就像是喜劇演員布爾維〔Bourvil〕扮演的角色）。他們說的那些蠢話、犯的那些蠢事會讓我們笑出眼淚，而這些多少意味著我們擔心自己也會鬧同樣的笑話。一次，我讀《傻丫頭當學徒》，她在一件圍兜上繡一隻鳥，而在其他省略了針法、只標了同上的圍兜上，繡上同上。我不確定我自己有沒有繡過同上。

在他認為是重要人士的面前，他顯得害羞而僵硬，從來不會開口提問題。簡單說，這麼做是經過思慮的。其中隱含著自覺卑微的心理，想盡可能把它掩飾掉，以便否認。一整個晚上，我們都在問，女校長講這句話是不是別有所指：「演這個角色，您女兒到時候要穿上城裡人的衣服。」一真覺得丟臉，要是我們不是這個樣子，也就是說不這麼卑微，我們必然會聽得懂她話裡的意思。

縈繞不去的念頭：「人家會拿我們怎麼想？」（人家，包括鄰居、顧客、所有的人。）

行為標準：總是避開別人帶著批評的目光，是出於禮貌，也是因為沒什麼個人意見，小心翼翼的留神別人的情緒反應可能會讓自己受到牽動。要是主人正在菜園子裡翻土，他不會看園子裡的蔬菜一眼，除非人家微微一笑或是簡單打個招呼，表現出邀請之意。要是沒人請他去，他從不會主動拜訪，甚至探訪住院病人，也是等人先開口邀約。他的問話裡不會流露出打探別人私事的好奇、羨慕心理，讓別人占上風。不准自己問這句話：「你們這花多少錢買的？」

現在，我常說「我們」，因為以前有很長一段時間我是這樣子想事情，不知道從什麼時候開始我不再這麼做。

我祖父母唯一會講的是土話。

有些人懂得欣賞「土話的別致」，欣賞民間法語之美。普魯斯特就是這樣醉心的記下了方絲華[14]語言表達上的錯誤，以及她使用的古老字彙。他只關注美感表現，因為方絲華是他的女僕，而不是他媽媽。他自己從來不會讓這種語言不由自主的說溜嘴。

對我爸爸來說，土話是陳舊而醜陋的，一種卑微的標記。他很得意自己已經擺脫泰半，雖然他的法文不好，總還是法文。Y鎮舉行露天遊藝會的時候，一些講起話來溜得很的人，穿著諾曼第樣式的服裝，用土話搬演了幾齣喜鬧的短劇，觀眾都笑翻了。當地的報紙開了個諾曼第專欄，來娛樂讀者。當醫生或者是其他什麼的高階人士在對話裡冒出一句「科」這地方的俚語——例如，說「她放屁還壯得很呢！」（elle pete par la sente.）來代替「她很好」——我爸爸就會樂得把這句話再講給我媽媽聽，很高興這些人，平常看似時髦，其實跟我們還是有共通點，都有那麼一點卑微。

他總認為那是他們不小心說溜嘴。因為他老是覺得他們不可能那麼自然的把法文說「那麼好」。不管是大夫或是神父，他們都得逼著自己，非常注意自己講的話，即使他們在家裡隨自己高興講。

在咖啡坊、在家裡，他話很多，而在很會講話的人面前，他就沉默，或者他會一句話沒講完就中斷，問一聲：「不是嗎（n'est-ce pas）？」或

14 普魯斯特小說《追憶逝水年華》中敘述者姨媽的女僕，也是普魯斯特筆下最動人的僕人。

者就一聲：「不嗎（pas）？」一邊還帶著手勢，期盼別人懂他說的，幫他搭上話。講話總是小心翼翼，忐忐忑忑擔心說錯，這比放個屁還糟糕。

可是他也討厭偉大堂皇的句子，以及「沒什麼意義」的那些時新的表達方式。大家時不時就來這麼一句：「當然不是」，他無法理解兩個意思相反的字怎麼能夠湊在一起講。這和我媽媽不一樣，她很擔心跟不上時代，就算不確定正不正確，她仍然勇於表達，把她剛剛聽到或讀到的用在她自己的話裡，他則拒絕使用不屬於他的字彙。

在孩童時期，當我努力想要用精確的語言表達時，總覺得自己四周虛虛空空，一無所依。

在我想像中一件事讓我恐懼，有個當老師的爸爸，他強迫我不停的好好說話，要字句分明。我們用整張嘴巴說話。

既然老師「指責」我，我就回頭遷怒我爸爸，跟他說「摔一個倒」或者是「少十五分十一點」，根本沒這種說法。他簡直氣急敗壞。還有一次，我怪他：「我怎麼可能不被老師罵，你自己一直把話說錯！我受你影響。」我哭了。他很不高興。所有和語言相關的，在我記憶裡，都是我們鬥氣的理由、我們使性子的原因，這比錢的問題還嚴重。

他一向開朗。

他和那些愛笑的女客人閒扯淡。毫無顧忌的講些帶有暗示性的話。粗俗不堪。出言諷刺，他從來不會。聽收音機，他都聽些歌唱節目、遊戲節目。隨時準備帶我去看馬戲團、去看動物電影、去看煙火。在遊樂園裡，我們坐上幽靈列車，「喜瑪拉雅號」，我們去看世界上最胖的女人，以及侏儒。

他從來沒進去過博物館。他都在美麗的庭園前面停下腳步，有花樹盛開，有人來人往，看看豐滿的女孩。他非常讚嘆宏偉的建築、摩登的大工程（例如坦卡維爾橋[15]）。他喜歡馬戲團的音樂，喜歡坐車子在鄉下遛達，也就是說，眼睛飽覽田野景致、山毛櫸樹林，一邊聽著布吉利翁的樂隊演奏[16]，他很是快樂。看著風景，聽著小曲，那時心裡的感受，不是可以拿來和人對話的主題。當我和 Y 鎮中產階級人家的朋友交往時，人家先會問我的嗜好，是爵士樂還是古典樂？是達第[17]還是賀內・克萊[18]？這正足以讓我明白我來自另外一個世界。

一年夏天，他帶我到親戚家住三天，在靠近海邊的地方。他沒穿襪子，趿著拖鞋走出去，來到了碉堡入口處，在露天咖啡座飲一杯啤酒，而我喝蘇打水。他幫我姑姑殺一隻雞，把雞夾在兩腿間，把剪刀插進牠喙子裡，濃稠稠的鮮血滴到了食物儲藏室的地上。他們都坐在桌子旁邊，一直坐到下午三四點，聊戰爭，聊他們的親人，幾張相片在空了的杯子周圍遞過來遞過去。「要死也得先痛快再死，來吧！」

說不定在他內心深處有一種不為未來擔憂這樣的天性，不論生活上有什麼遭遇。他自己想了些事情來忙，這些事都和生意不相干。他養雞，還養兔子，在旁邊蓋了間獨立的棚子，一間車庫。院子的用途常常跟著他的興趣在變，廁所，還有雞舍已經搬了三次。老是想要拆掉，再重建。

我媽媽說：「他是鄉下來的，你拿他沒轍。」

他可以從鳥叫聲分辨小鳥的種類，而且晚上看看天空就知道明天天氣，明天是冷又乾，天空會現紅色；是下雨、起風，月亮周圍會含著水氣，也就是說裹著一層雲霧。每天下午，他都躡腳走進他園子裡，園子總是乾淨井然。骯髒雜亂的園圃，沒好好照料的蔬菜，表示這個人性子

15 一座可通行汽車的橋梁，在那個年代是罕見的大工程。
16 法國著名的馬戲團世家，三〇年代時廣受歡迎。他們的音樂也是帶有嬉笑的性質。
17 Tati，法國二、三〇年代著名的電影導演，作品有《節慶之日》等多部。
18 Rene Clair，法國二、三〇年代著名的電影導演，作品有《沉默是金》等多部。

散漫，什麼都由它去，自己要不就不修邊幅，要不就喝酒沒節制。栽種植物各有其時，在耘鋤之間就忘了時間，也不再掛意別人會怎麼想。曾經，醉出了名的酒鬼，逐漸被美麗園子潛移默化。

我爸爸種蔥或是種其他植物如果沒種活，他會覺得很沮喪。天黑以後，他會把尿壺裡的穢物倒在他用鋤子翻好了土的田畦裡，倒的時候，要是發現裡頭有我懶得下樓去丟垃圾桶的破襪子和原子筆，他會發火。

吃東西，他只用他的歐皮奈小刀[19]。他把麵包切成小方塊，放在盤子旁邊，再戳一塊乳酪、豬肉，沾一點盤子裡的調味汁。看我盤子裡還剩一點食物沒吃完，他會痛心萬分。盤子吃得乾淨簡直可以不必洗就收起來。飯後，他在他的藍工作服上把刀子抹乾淨。要是他吃了鯡魚，就把它埋在土裡，除去腥味。到了五〇年代末，他都還是早上喝湯，然後，他沖杯牛奶咖啡喝，默默不語，就好像他學女生的那種優雅。他一杓一杓的啜飲，用吸的吸進口裡，像是在喝湯。下午五點鐘，他自己準備點心，幾個蛋、幾根紅皮白蘿蔔、幾個煮過的蘋果，很滿意晚上這一餐有濃湯。美乃滋，複雜的調味醬，蛋糕，讓他倒胃口。

他總是穿著睡衣和汗衫睡覺。刮鬍子，一個禮拜三次，廚房洗碗槽上掛著一面鏡子，他就在這裡刮，他解開領口的釦子，我看見他脖子以下非常白皙的皮膚。有浴室，表示有錢，在戰後逐漸流行，我媽媽請人在樓上蓋了一間盥洗室，他從來不去用，還是在廚房梳洗。

冬天，他在院子裡吐痰、打噴嚏，自有樂趣在其中。

要是沒被禁止描寫我熟悉的事物，在小學的時候，作文課上，我就會寫我爸爸。一天，在CM2那一班，一個女孩子，大大打了個哈啾，把她的作業本噴得翻飛起來。站在黑板前的女老師轉過身來，說：「可真厲害呀，真的是！」

19　一種著名的小刀品牌，柄是木頭做的。後來即以該品牌做為小刀代稱。

在Y鎮，一些中等的階級，像是市中心的生意人、在公司上班的雇員，大家都不想看起來一副「剛從鄉下出來」的樣子。像個鄉下人，就表示落伍，永遠跟不上當前的時代，不管是衣著、言談、舉止。一個有趣的小故事：一個鄉下人，到城裡看他兒子，他坐在正在運轉的洗衣機前，一直坐在那兒，若有所思的樣子，眼睛盯著玻璃透視窗，看裡面攪動的衣物。最後，他站了起來，搖搖頭，對他媳婦說：「別人都亂講，電視機根本還看不清楚東西。」

可是在Y鎮，大家比較不那麼留意觀察大農戶的舉止，他們駕著Vedette舊型車在市集卸貨，後來又改開雪鐵龍DS型車，現在則是開更高檔的雪鐵龍CX型車。最慘的是，一無所有的鄉下人他們的姿態、動作。

他和我媽媽兩個人講話，一向都是惡聲惡氣的，連彼此表達關心也一樣。「要到外面去，就給我圍上圍巾！」或者像是「叫你再多坐一會兒啊！」差不多可以說是在對罵。他們老是互相指責，想爭清楚到底是誰把汽水商的收據弄丟了，是誰忘了關地窖裡的燈。她嚷嚷得比他大聲，因為所有的事都碰到她最敏感的神經，送貨遲到，美髮師的熱風罩太熱，月經，顧客等等的。有時候會冒出這種話：「你實在不是做生意的料。」（這該解釋成：你還是當工人的好）被罵煩了，他會一反平常的安然祥和，也回頂一句：「臭你的！早知道就隨便你流落到別的地方去。」每個禮拜有這樣一次對罵：「廢物！」——「瘋婆子！」

「沒出息的傢伙！」——「賤貨！」

等等的。沒什麼大不了。

我們之間只會用不耐煩的口氣對話，不然不知道還能怎麼表達。客氣話是對陌生人說的。有一次，他出言嚇阻我爬上石頭堆，而當時有旁人在場，他想表現得恰如其分，可是那麼根深柢固的習慣，還是讓他一開口就很衝，他的聲調，他諾曼第式惡辣的言語，破壞了他要給人的好印象。他從來沒學會要怎麼文雅的罵我，我也不認為出口威脅說要摑一巴掌，這種話會有什麼合乎禮儀的表達方式。

父母和孩子彼此以禮相待，有好長一段時日對我來說是件神祕的事。我是花了許多年的時間才「了解」，有教養的人他們簡單道聲「早安」其中的善意所含的真義。別人這樣一聲問候曾經讓我覺得丟臉，我覺得我不值得人家這麼尊重，那時我總以為那是對我個人一種特別的關愛。後來，我才發覺那些問候在倉卒間其實有一點敷衍的味道，那些微笑，其實和吃飯咀嚼要閉著嘴巴，擤鼻涕要掩住口鼻，意思沒兩樣。

解讀這些細節，是我現在非做不可的事，我以前越是避開不看的，現在越是必要辨明清楚，讓心裡了然，明白它們很無謂。那些事之所以還存留心中，完全是因為我仍然記得那種丟臉的感覺。過去，我隨從流俗，那流俗的世界使盡力氣要你忘卻那個卑微世界的種種回憶，好像那些很卑下。

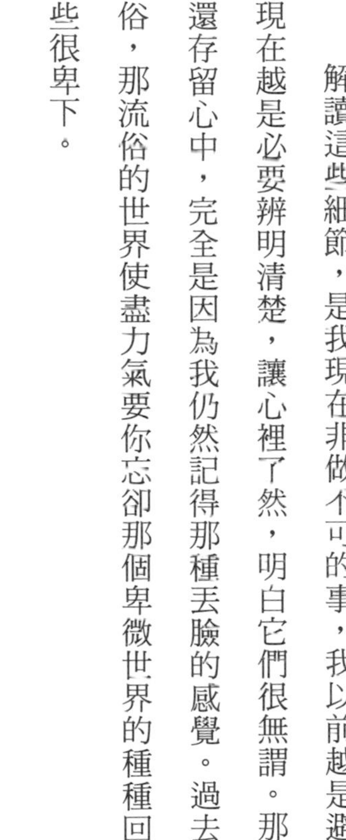

晚上，我在廚房的桌子上寫作業，他隨手翻著我的課本，尤其常翻歷史、地理、科學。他喜歡我幫他做個小考。一天，他一定要我考他聽寫，好向我證明，他的拼字能力不錯。他永遠搞不清楚我上了幾年級，他總說，「她在某個女老師班上上課。」上學，我媽媽要我讀教會學校，這對他來說是個恐怖的地方，就像《格列佛遊記》裡的拉布達島，漂浮在我上面，糾正我的舉止、我的一言一行：「要是老師看到你這樣子！那可就好看囉！」要不就說：「我去找你老師，讓她好好教訓你！」

他總是說你的學校，而且把寄—宿—學—校、親愛的ㄒㄧ—ㄧㄡ女（校長的稱呼）一個一個音拆開說，只動嘴皮子，一種過度虔敬的敬意，好像這幾個字的正常發音顯得太過隨便，會輕蔑了這意味著外人難一窺堂奧的字眼，他覺得自己不能這麼不拘禮。他不願意參加學校的慶典，甚至連我有個角色演出，他也不去看。我媽媽很氣他，「你沒有理由不去。」他卻說，「可是你知道我從來不去這種東西。」

常常，他會對我說：「上課要認真！」臉上表情嚴肅，幾乎可以說表情凝重。老是擔心命運莫名的眷顧——我的好成績——會突然好不了。每一篇寫得不錯的作文，後來再加上每一次不錯的考試成績，甚至總能考取，他滿心期待著我以後會比他強。

◇

不知道從什麼時候開始，這個夢想取代了他自己的，有次，他提到自己的夢想，在市中心開一家精緻的咖啡坊，有露天座，有些過路的客人，櫃台上一台咖啡沖泡機。缺本錢，擔心還要打拼、冒風險，認命了。要不你還能怎樣。

從此他再也沒脫離被劃分成兩半的小生意人的世界。一半是好的，是到他店裡來的，另一半，是壞的，人數眾多，他們都到別處去，到重建的市中心商店去。他疑心這些人和政府聯手，想要我們活不下去，以嘉惠那些大盤商。甚至連到他店裡來的好客人，也劃分好壞，好的那一些人，他們所有的日用都到店裡來買，壞的那一些人，到店裡來買一公升的油都會對我們沒好聲氣，說他們是忘了從城裡買回來。但他對好的那一些人，也還是有戒心，他們總認為被我們敲詐了，隨時會去別家店。整個世界都結成同盟。卑屈和怨氣，他卑屈的怨氣。在他心裡，有所有生意人的願望，希望自己是城裡唯一一家在賣他賣的貨品。我們從家裡走一公里的路去買麵包，因為隔壁的麵包店不到我們家買東西。

他投票給布賈德[20]，像是拿來開玩笑，不是出於什麼信念，對他來說那是個「光說不練的傢伙」。

可是他並沒有過得不快樂。咖啡坊大廳裡總是很暖和，收音機放在店裡頭，從早上七點到晚上九點進進出出的熟客，進門打招呼有一套慣例，回應招呼也是。「大家都好啊！」、「你也好啊！」談話，不外下雨、生病、死喪、雇工、乾旱。述說他們的見聞，對時事交相發表意見，為了讓氣氛輕鬆，老是說不厭這些玩笑話，這是我自家理虧，老闆明天兩隻手見，兩隻腳見[21]。倒掉菸灰缸裡的菸灰，拿巾子往桌上揩一下，拿抹布往椅子上擦一把。

替媽媽在雜貨鋪那邊看店，他覺得沒趣，比較喜歡的是咖啡坊的生活，或者說不定，對這兩者都沒偏好，只喜歡園藝，和隨他自己高興蓋房子。春日將盡的時節，女貞樹開花滿枝，悠悠飄香，十一月，有小狗清亮的吠叫聲，也聽得見火車嗚嗚，已經開始覺得冷，是啊，真的冷了，這種種的一切讓那些在高位居掌職權的人，在報紙裡寫下這樣的句子：「這裡的人依然過得很快樂」。

禮拜天，洗個澡，做個禮拜，玩玩多米諾骨牌，或者下午坐車遛達。

20 Pierre Poujade，法國政治人物，一九五三年，號召罷工，抗議政府徵收重稅，並創設「商人、手工匠保衛聯盟」。布賈德運動在一九五六年達到高潮。這個聯盟所提出的候選人在國民議會中獲得不少席次，但當權的時間極短。

21 原文為 a demain, a deux pieds。a demain 是「明天見」的意思，因為「明天」demain 發音和「兩隻手」deux mains 一樣，所以後面又開玩笑的補上一句「兩隻腳見」。

禮拜一，把垃圾拿出去倒；禮拜三，烈酒要出門補貨；禮拜四，出門補食品的貨，等等的。夏天，他們關上門一整天不做生意，去看幾個朋友，一位在鐵路局上班的朋友，另外還放一天假，到利濟厄去朝聖。早上，參觀卡麥爾修會（Carmel），透景畫，大教堂，餐廳。下午，到畢松內和特魯維爾—多維爾兩個城市[22]。他浸溼了腳，褲管捲到腿上，而我媽媽稍微拉高裙子。他們後來沒再去朝聖了，因為已經退了流行。

每個禮拜天，吃點好的。

對他，此後都是一樣的日子。可是他很篤定，我們不會比現有的過得更快樂。

有這麼個禮拜天，他睡了個午覺。他站在閣樓的老虎窗前。手裡拿著一本書，正要把它拿到箱子裡去放，箱子是一位海軍軍官寄放在我們家的。我從院子裡瞄到他微微一笑。那是一本黃色書刊。

我的一張相片，獨照，在戶外，我右邊是一排儲藏室，有新搭的，有舊蓋的。想必我那時候還沒什麼美醜的觀念。不過我還是知道讓自己拍起來好看一點：側過大半個身子，好讓窄裙緊緊裹著的下圍不顯眼，讓胸部更突出，劉海一綹掠過額頭。我微微笑著，好讓自己看起來更甜。我那時十六歲。在相片下方，有我爸爸拍照時上半身的影子。

我做我的功課，我聽音樂，我看書，長時待在自己房間裡。我只有吃飯時間才下樓。吃飯我們都不講話。我在家裡從不笑。我總一副「不屑」的樣子。那時期，身旁的親人對我都是陌生人。我悄悄遷往小中產階級的世界去，去參加他們的家庭舞會，這是跨進那個世界的唯一方法，

22 均為法國城市名。特魯維爾——多維爾這兩個城市位於下諾曼第省，濱臨英吉利海峽，彼此隔著杜克河，遙遙相對。

可是滿難的，難在於別擺出一副矬矬的樣子。所有我喜歡的東西，我覺得都很土裡土氣，路易．瑪希亞諾[23]、瑪麗．安．德瑪赫[24]的小說，丹尼爾．格雷[25]的小說，口紅，以及從遊樂場贏回來的洋娃娃，它綴著亮片的衣服披在我床上。甚至我周遭的人的一些觀念都讓我覺得很愚蠢，都是帶著偏見，像是，「警察，是一定要有的」，或者是「沒當過兵就不算是男人」。世界對我來說是顛倒的。

我讀「純正的」文學，我抄下一些詞語、詩句，我認為這些句子傳神的描繪了我的「心靈」，表達了我無法陳述的生命經驗，好比說「幸福就像是個上帝兩手空空的行走著……」（亨利．德．賀尼埃[26]）

我爸爸被劃歸為老實人、純樸人，或者是愣漢子那一類。他再也不敢跟我講他小時候的事。我再也不跟他講我在學校的功課。除了拉丁文，因為他做彌撒會用到拉丁文。課堂上其他的課程他都沒辦法理解，而且他不願意表現出他對那些感興趣，這跟我媽媽的態度完全不相同。我抱怨功課，或者是批評上課怎樣，他會發火。「導仔」這種字眼他不喜歡，或者像「校長仔」，甚至「冊本」[27]這種字眼也是。而且常常提心吊膽，擔心我成績會退下來，或者說不定他寧願我退步。

看我一整天埋在書堆，讓他很惱火，把我臉色陰沉，和我壞脾氣的帳算到這個頭上。晚上，從我房間門底下透出去的光線，讓他有藉口數落我糟蹋自己的健康。學校的功課，是一定得熬著念，將來找個好工作，不用嫁個做工的。可是我喜歡沒日沒夜的苦讀，他總覺得不對勁。花樣年華，卻沒有活潑的生活。有時候，他樣子看起來像是以為我不快樂。

23 Luis Mariano，一位俊美的西班牙男歌星，嗓音優美，五〇年代紅極一時。
24 Marie-Anne Desmarets，法國五〇年代的女作家，作品為題材通俗的愛情小說。
25 Danial Gray，法國五〇年代的作家，創作通俗的浪漫小說。
26 Henri de Regnier，二十世紀初法國重要詩人，也創作了許多小說，獲選為法蘭西學院院士。
27 原文為 bouquin，這個字是「書」的俗稱，中文難有相應的字眼。

我到了十七歲還不會賺錢，他在親戚、客人的面前，難堪得很，幾乎覺得丟臉，我們周遭的人所有這個年紀的女孩都到公司上班、到工廠做工，或者是在爸爸媽媽開的店裡櫃台後面幫忙。他擔心人家把我當懶人，當他硬充好漢。總拿這句話來辯白：「我們沒有強迫她什麼，她本來就這樣子。」他都是說我功課學得不錯（apprendre bien），從來不說我功課做得不錯（travailler bien）。只有靠兩隻手做的，才叫做。[28]

讀書，對他來說是和日常生活沒有關係的。他沙拉菜只洗一次水，菜裡頭常出現蛞蝓。而我在三年級的課程上學到了蔬菜都會噴農藥，所以我跟他說洗菜應該多換幾次水，這讓他大發雷霆。還有一次，有位客人開著貨車到我們店裡來，貨車裡坐了個搭便車的人，我爸爸看我和那個人講英文，訝異得無以復加。不用到外國去，在課堂上就學會講外語，他簡直不敢相信。

這個時期，他跨入了盛怒期，不常發作，可是恨恨的咧著嘴角笑的樣子很明顯。我和我媽媽成為同一國。每個月肚子痛，選購胸罩，挑化妝品。她帶我到盧昂的大鐘街去買東西，到佩里埃店裡去吃蛋糕，用一根小叉子吃。她說話試著用我的字彙，逗人歡心，當個箇中高手，等等的。我們不需要他。

在飯桌上常為芝麻蒜皮的事鬥起嘴。我總覺得自己有理，因為他不懂得溝通。我要他注意他吃東西的樣子、說話的樣子。我怪他不能送我去度假，讓我覺得很沒面子，我要他改正他的態度，自以為理由很正當。說不定他寧願有另外一個女兒。

一天，他這麼對我說：「書本、音樂，對你是好。我啊是不需要這

28 在法文中，書讀得不錯、很用功，apprendre（學習）和 travailler（工作）這兩個動詞都可以使用。在作者父親的觀念中，是不同的兩件事。

些過日子的。」

在其他時候，他日子從容的過。我下課回家，他坐在廚房裡，靠近咖啡坊的門邊，看「巴黎—諾曼第報」，弓著背，報紙平鋪在桌上，他伸著兩隻手臂擱在兩旁。他抬起頭：「哦，丫頭回來了。」

「我好餓呦！」

「會餓才好。想吃什麼就拿去吃。」

至少，他很樂於供我吃喝。我們總是講從前的事，講我小的時候，沒有別的可說。

我那時認為他已經拿我沒轍了。他的用語、他的觀念在法文課或是哲學課的課堂上，在班上女同學紅色絨布的長沙發上，已經落伍了。夏天，從我房間敞開的窗戶，我聽見他用圓鍬把翻過的土夯平的拍擊聲，一聲聲很規律。

我寫作說不定是因為我們之間再也沒話說。

在Y鎮的市中心，我們剛抵達時所見的那個廢墟，現在變成了幾幢乳白色的小房子，開了幾家現代化的商店，整夜燈火通明。禮拜六和禮拜天，住這附近的年輕人都在街上閒晃蕩，要不就在一家家咖啡坊裡看電視。街坊鄰居的太太們都到市中心的大商場採買禮拜天的食物。我爸爸終於把外牆的門面改成白色粗灰泥，掛上成排的霓虹照明，而其他嗅覺靈敏的咖啡坊老闆已經回復到諾曼第式的木筋牆，有假梁，老式的燈。晚上彎著腰數算進帳。「我想是有別家店給了他們貨，他們不再上你們這兒來了。」每次，Y鎮一有新的鋪子開張，他就會騎腳踏車去那附近轉轉。

他們生意終於可以維持下去。這附近街坊沒有地產的窮困人家日益增多。本來的那些中產階級搬去住有浴室的新公寓，而搬進這一區來的，換成了收入微薄的人家、做工的年輕夫妻、等候配發低租金住房的食指浩繁的家庭。「您明天來付帳好了，反正我們還會再碰頭。」有幾個老頭子過世了，後來的院民再也不准喝醉酒回濟貧院，接替他們而來的顧客群換成了一群沒那麼快活的過路客，逗留的時間短些，而且不欠賬。現在儼然是一家體面的小酒館。

一次，我在夏令營營隊裡當輔導員，活動結束後，他到營地來接我。我媽媽遠遠的向我吆喝，我看見了他們。我爸爸弓著背走路，因為太陽的關係低著頭。他的耳朵是招風耳，有點紅紅的，想必是因為剛剛剪了頭髮。在教堂前面，人行道上，他們大聲爭辯回家的路應該是哪一頭。他們的樣子就像是不習慣出遠門的人。在車子裡，我注意到在他眼睛旁邊，太陽穴上有幾處黃黃的斑。這是我第一次離家到遠處，生活了兩個月，跟一群自由無拘的年輕人。我爸爸老了，身子佝僂了。我覺得我沒有權利去上大學。

不清楚問題出在哪裡，吃過飯後就不舒服。他吃胃乳，怕去看醫生。照了X光，終於，盧昂的專科醫生發現他胃裡有息肉，必須儘早割除。我媽媽一直嘮叨他為這麼點小事窮緊張。他覺得內疚，再加上，手術費用高（那時做生意的還沒有社會保險）。他說，「真倒楣，被天上飛來的瓦片砸到。」

手術後，他盡可能早出院，不願久待，他在家裡休養，慢慢康復。他的體力大不如前。傷口的疼痛，讓他再也搬不動箱子，再也不能在園子裡連著工作幾小時。從此以後，常常看到我媽媽地窖、店裡兩頭跑，搬一箱箱送來的貨物，一袋袋的甘藷，工作量加倍。五十九歲那年他失了自信。他跟我媽媽說，「我已經不中用了。」其中也許有多重含意。

但還是有想要完全康復的慾望，有想要適應新狀態的慾望。他開始隨自己的意思過日子。他非常關心自己的健康。食物變成了可怕的東西，有益還是有害，就看它下了肚以後好消化，還是讓他來痛罵一頓。牛排、鯖魚還沒下鍋，他就先聞到味道。一看到我的酸乳酪，他就厭惡。在咖啡坊裡，一家人吃飯的時候，他會講他所吃的東西，和別人討論自家做的湯，和快餐包的沖泡湯，等等的。在他六十歲左右，他會和他周遭所有的人談到這個話題。

他的口腹之慾要得到滿足。一根粗短的臘腸，一紙袋的幾隻小褐蝦。一種幸福的期待，常常才嚐幾口就暈陶陶。在這同時，又老是假裝對什麼都沒胃口，「我要吃小半片火腿」、「給我小半杯酒」，事情一再重演。現在，有了些古怪的癖好，例如，撕開難聞的高盧牌香菸捲菸紙，再用濟札牌捲菸紙，小心翼翼的把菸草捲覆起來。

禮拜天，他們搭車子出去兜風，以免屁股坐出了繭，沿著塞納河逛了逛，以前他曾經在這地方工作，在第厄普、費康[29]的堰堤上。兩隻手擱在身體兩側，握拳，手掌心朝外，有時在背後交握。散步時，他從來不知道兩隻手該怎麼擺。晚上，他打著呵欠等晚餐。「禮拜天倒比平常的日子還要累。」

政治，焦點尤其在於，這些個要怎麼收場（阿爾及利亞戰爭，將領政變，祕密軍隊組織的暴行[30]），和暱稱大查理的戴高樂好像是親密的同夥。

◇

我以學生兼老師的身分進了盧昂師範學院就讀。我在那裡得到非常

29 第厄普（Dieppe）、費康（Fecamp）為海濱—塞納省濱海的兩個城市。

30 原為法國屬地的阿爾及利亞，於一九五四年爆發爭取民族獨立的武裝起義，一九五八年，法國總統戴高樂上台執政，建立第五共和，戴高樂傾向於讓阿爾及利亞獨立，而法國薩蘭（R. Salan）等多位將領堅決要維持阿爾及利亞的屬地地位，不願其獨立，因而成立了祕密軍隊組織，在法國和阿爾及利亞等地展開反戴高樂統治的恐怖活動，並且在阿爾及利亞謀圖政變，但政變終歸失敗，阿爾及利亞於一九六二年獨立。

妥善完備的照顧，有人負責漿洗衣物，甚至還有一位什麼都一手包，包括鞋子也會修的能幹校工。一切免費。他對這負擔全部費用的師範體制滿尊敬的。政府一開始就幫我在這世界上安排好了職業。那一年我搬出家裡去就學，讓他不知所措。他不能理解我為什麼要離家，這涉及了自由，涉及了一個屬於自己的空間，在獨立的空間裡我能得到滋養。

我到倫敦去住了很長一陣子。在遠方他鄉，他成了我心底確然的一種溫柔，一種不具形的溫柔。我開始過我自己的日子。我媽媽寫信給我，大致是彙報她周遭人事物的變遷。我們這裡天氣冷了，希望不會冷太久。我們禮拜天到格朗維爾（Granville）去看朋友。某某人的媽媽死了，才活了六十歲，還不能算老。她不會舞文弄墨，要她用某種筆調寫，還要斟酌用字遣詞讓她很痛苦。寫得像講話一樣對她來說更是為難，她就是沒辦法這樣子寫。我爸爸只簽名。我寫回信一樣是平鋪直敘。他們大概會覺得講究文筆，是故意要和他們疏遠。

我人回來，又離開。在盧昂，我修文學士學位。他們比較少吼過來嚷過去了，只有聽慣了的那些帶刺的對話，「橘子水又缺貨了，都是你的錯。」「你跟神父到底有什麼好講的，老是在教堂裡耗。」早習以為常。他還有好多計畫，想把店面和屋子的外觀整修得更漂亮，不過，想要藉此吸引新的顧客群的那種焦慮感越來越沒有。很滿意這種和市區的店家樣式一樣的白色食品鋪子，讓人看見就一怔，就像女店員瞟著眼睛看人衣裝：這人怎麼這麼穿。沒什麼野心了。他認了命，認為他的生意不過是撐著那麼一口氣，他一走就會跟著結束。

現在決定好好享受一下生命。他現在比較晚起床，比我媽媽還要晚，慢條斯理的在咖啡坊裡、在花園裡摸摸弄弄，報紙從報頭讀到報屁股，和每個人都可以聊上大半天。死亡，總暗示著它的存在，成了一切行為的判準，我們很清楚在背後等著我們的是什麼。每次，我回家，我媽媽就說：「你爸爸，你看看他，日子過得多悠哉喲！」

夏天末了，九月的時候，他用手帕在廚房的玻璃窗上抓到了幾隻胡蜂，他把胡蜂往平底鍋裡丟，平底鍋底下燒著火。胡蜂爆跳著被燒死。

◇

沒有不安，沒有欣喜，他容忍我，看我過這種奇怪而不真實的生活：已經二十多歲，還待在學校坐課桌椅。「她讀書是為了要當教授。」什麼樣的教授，客人不會問，他們只在乎頭銜，何況他一向記不住。「現代文學」對他來說不像數學或西班牙文那樣容易理解。擔心人家認為我太受眷顧，擔心人家猜想他很有錢，才能這樣驅策我。可是也不敢明說我是領助學金的，人家會以為我們走好運，政府付我錢，讓我四體不勤、遊手好閒。常常盤繞的不是欣羡就是嫉妒的心理，這也許是他這個社會階層最清晰的表露。偶爾，我熬了一夜沒睡，禮拜天早晨回到爸爸媽媽家，就蒙著頭睡到晚上。一句話也沒有，可以說是默許了這種事，女孩家適度的玩一玩是應該的，似乎這也證明我人還是很正常。或者這代表的是知識分子和中產階級的典型作風，常人難看透。要是有工人的女兒大著肚子結婚，所有的鄰居都會知情。

◇

暑假時候，我邀請大學裡要好的一兩個朋友到Y鎮來，幾個沒有成見的女孩，她們肯定的表示「人的心地才重要」。因為我會先聲明：「你知道我們家很普通。」就好像得事先讓那些會以高傲眼光來看別人家庭的人知道實情一樣。我爸爸很高興款待這幾位有教養的女孩，跟她們說了許多話，一直避免話題接不下去，就怕失了禮數，關於我朋友的一切，他都非常感興趣。晚餐要準備什麼菜色，是他最操心的，「珍娜維芙小姐喜不喜歡番茄？」他能做的都盡全力做。後來，其中一個女孩請我到她家去的時候，她們家裡的人對我的態度自然，並沒有因為我的到來而改變他們原有的生活。踏入他們的世界，沒有人會用奇怪的眼神看你，而且那對我來說是個開放的世界，因為我忘了我自己的教養、觀念和偏好。把一次很普通的到訪，款待得像過節一樣，我爸爸想讓我的朋友感覺備受禮遇，而且想表現出他很懂待客之道。但這反而洩露了他出身卑微，瞞也瞞不了，例如，在他說這句話的時候：「日安，先生，問泥（您）的安？」

一天，他眼裡透著驕傲的神色：「我從來沒丟你的臉。」

暑假快結束時，我把正在交往的一位讀政治的男同學帶回家。歡迎

的場面很盛大，在摩登、富裕的家庭早不時興這一套，任男女朋友自由的進進出出。為了和這位年輕人見面，他打了領帶，換下他的工作服，穿上禮拜天穿的西裝褲。他歡喜若狂，一心認為能把我未來的丈夫當作他自己的兒子，儘管他們教育程度不同，他確信男人之間彼此有種默契。他帶他去看他的花園、他靠自己雙手獨力蓋的車庫。把他會做的一切獻到他面前，期望愛他女兒的這位年輕人也能認同他。而這一位，他只消當個教養好的人就夠了，這是我爸爸、媽媽最看重的品行，對他們來說這是最難做到的。他們沒有打探他夠不夠勤奮、喝不喝酒，要是個工人，他們就會問這些。心裡面一直這樣認定，有知識、有好教養，就表示很優秀、有天賦。

說不定多年來就期待著這件事，煩惱的事少了一樁。現在確定了我不會隨便找個人，或者變成一個不平衡的女人。他想把他的積蓄拿來資助我們這對年輕夫妻，希望用他的慷慨來彌補他和他的女婿之間文化教養上的隔閡、社會權勢上的隔閡。「我們啊，現在也花不了什麼大錢。」

婚宴，在一家看得到塞納河的餐廳舉行，正當其他人不耐煩的等著上菜時，他微微仰著頭，腿上鋪著餐巾，雙手端端的擱在腿上，而且一直帶著笑意，有點迷離的笑意。這微笑也意味著，這裡，今天，一切都很好。他穿著藍色條紋的西裝，是請人量身定做的，裡面一件白襯衫，第一次，配戴了袖釦。瞬間印象的記憶。我正笑到一半的時候轉向他那邊看，知道他並不開心。

從這以後，總要隔很久一陣子，他才見得到我們一次面。

我們住在阿爾卑斯山區的一個觀光都市裡，我先生在那裡的行政機構做事。我們牆上糊著黃麻氈，我們喝的餐前酒是威士忌，我們聽收音機裡介紹古老音樂的節目，和門房太太講幾句客套話。我潛入這一邊的世界，在這地方，另一邊的世界不過是墊在背後的景片。我媽媽寫信來，說，你們可以回家裡來休息、休息，而不敢說回去看他們。我一個人回家去，沒提他們女婿表現冷漠真正的緣故，是他和我之間，無由分說的因由，而且我認為這很自然。一個出生在中產階級家庭、有高學歷、常常「語帶譏諷」的男人，怎麼可能樂意陪那些老實的鄉下人，他也承認，他們人很好，但在他看來，這彌補不了一個重要的缺陷：有靈性的談話。例如，在他的家裡，要是打破一只玻璃杯，立刻就有人大叫，「別碰它，它碎了！」（絮利．普律多姆詩裡的名句。[31]）

每次都是她去接我從巴黎回來的火車，她都在出口柵欄的地方等。她把我的行李搶過去，說：「這太重了，你哪裡提得慣。」雜貨鋪子裡，

31 Sully Prud'homme（1839-1907），法國詩人，一九〇一年諾貝爾文學獎得主。這一句詩曾大為流行，是當時文人時常掛在嘴邊的口頭禪。

# 107 —— 106

有一兩個客人，他會暫時把客人撇在一旁，過來使勁的摟摟我。我在廚房裡坐下，他們站著，她站在樓梯附近，而他在廚房通咖啡坊敞開的門邊。這個時候，太陽把一張張的咖啡桌，還有櫃台上的玻璃杯照得明晃晃，有時候正好會有個客人罩在光束裡，聽著我們交談。人在遠地時，我美化了我的爸爸媽媽，他們的動作，他們的話語，他們的身形別有光輝[32]。我又聽見他們把 elle 說成 a，聽見他們大聲說話。我又見到了他們原有的樣子，不是舉止「有度」、講的不是正確的法文，現在對我來說這才顯得自然。我感覺到我與自己疏離。

我從我袋子裡，掏出我帶回來送他的禮物。他很高興的拆開包裝。是一瓶刮過鬍子後噴的香水。很窘，愣愣的笑，要這東西做什麼？然後又說，「我聞起來會像個沒正經的！」可是他答應我會把它拿來用。一個爛禮物，這一幕顯得可笑。我跟以前一樣，很想哭，「他這人就是這樣，改不了！」

我們談到了住這一區的一些鄰居，結婚的結婚，去世的去世，也有離開Y鎮的。我形容我住的公寓給他聽，路易—菲利普形制的書桌，紅色絨布的沙發，Hi-Fi音響。不多久，他就沒在聽。他拉拔我長大，就是要我能享受這些他一無所知的優渥生活，他很開心，可是，管他是堂洛畢洛牌的床墊（le Dunlopillo）或是老式的五斗櫃，他對這些東西的興趣只在於這象徵我有成就。常常，只簡單說一句：「你是該好好享受。」

我待在家裡的時間一直都不長。他託我帶一瓶cognac白蘭地回去給我先生。「就是嘛，很快就再回來囉。」很得意沒被看出來神色有異，他像是揑著手帕往口袋裡塞，自己都隱忍了下來。

32是一種天主教神學裡的說法，是指人死復活之後至福至樂的身形，脫除了人不完美的軀體。

第一家超市在Ｙ鎮開張了，吸引來自各處的工人，大家買東西的時候終於可以不用透過老闆、店員。不過還是會有人常到轉角的雜貨鋪子買一包忘了在城裡買的咖啡，上學以前順路買一瓶生乳和口香糖。他們開始認真想是不是該把店賣了。心裡總有些想頭：他們本來應該住隔壁的那間房，當初買這家店的時候本來應該一起買下來，那間房有兩房大的廚房，還有一間食物儲藏室。店裡本來應該進一些好酒，和一些罐頭食品。他本來應該養幾隻雞來生蛋。他們本來應該到上薩瓦省（Haute-Savoie）來看我們。不過，他已經很滿足在六十五歲的時候有社會保險。每當他從藥房回來，坐在桌子旁，總是很幸福的把藥費報銷憑證[33]貼在紙上，拿去跟社會保險局報銷。

他越來越熱愛生命。

◇

從十一月，我動筆記述以來，已經過了好幾個月。我耗費很多時間，因為喚回遺忘的往事，而不是出之以杜撰，並沒有那麼容易。記憶，重圍難攻。我不能憑模糊的印象，在老舊店裡噹噹作響的掛鈴聲映襯下，在甜瓜過熟氣味的映襯下，浮現記憶的只有我自己的影子，以及我在Y鎮度過夏天的假期。

天空的顏色，楊樹映照在鄰近瓦茲河裡的倒影，這些記憶對我並無助益。在候車室裡百無聊賴的人，他們的坐姿、他們叫喚孩子、他們在

33 在法國，在藥局買藥，藥罐上會有一張標明藥名、價錢的小標籤，通常要把這張標籤撕下，貼在紙上，好拿去跟社會保險局報銷。

火車站月台上道別的樣子：我在這些人的姿態中，追覓我爸爸的面貌。有時，隨處偶然錯身而過的陌生人，不自覺的流露出一種生命力，或流露一種卑微：我在他們身上也發現了我爸爸被遺忘的真實景況。

這年沒有春天，在我印象中，從十一月以來，氣候彷彿凝止，沒起變化，一直是涼爽有雨，只在隆冬時分稍微冷一點。我根本沒想到書的結尾。現在我知道結尾臨近了。

六月初，燥熱了起來。早晨的空氣，就聞得出來天氣會放晴。再不久，我就沒什麼可寫的了。我想要拖延最後這幾頁，希望這工作一直擱在我面前。可是，已經不可能往回追溯太遠，不可能再去修改、加添事件，甚至也無法問我自己幸福的時光何在。我要搭早班的火車回去，晚上才會抵達，一如以往。這一次，我會把兩歲半的孫子帶回去看他們。

我媽媽在出口柵欄的地方等，她在白色衫子外面搭著一件短外套，頭上裹著圍巾，從我結婚以後，她就不曾這麼打扮。小孩，經過了這麼長的一段旅程，累了、昏了，都不說話，隨便人家摟他、牽著他的手走。感覺有點燥熱。我媽媽走路還是小碎步急走。突然，她放慢了速度，叫道，「你看看那兩隻小腿走路的樣子！」我爸爸在廚房裡等著我們。我看他並不覺得他顯老。

我媽媽特別提起為了體面的迎接孫子，他前一天晚上去理髮了。有這麼一幅畫面：又是歡呼又是讚嘆的，沒等孩子回答就連著問好幾個問題，他們兩個人互相怪對方，幹嘛對小孩疲勞轟炸，最後終於皆大歡喜。他們想知道孩子比較喜歡爺爺還是奶奶？我媽媽帶他到糖果罐面前。

我爸爸，帶他到花園看草莓，然後去看兔子和鴨子。他們完全把孫子占為己有，他的事都由他們決定，好像我只是個小女孩，不會照顧孩子。半信半疑的照我認為必要的教育方式帶孩子，睡午覺，不給糖吃。

我們四個人坐在靠窗的桌邊吃飯，孩子坐在我腿上。一個美麗、平靜的夜晚，一個近似蒙了救贖的時刻。

我以前的房間還有白日的餘溫。他們在我床邊擺了一張小床，給孩子睡。我半夜兩點才睡覺，睡前還試著讀一點書。才剛準備要睡，床頭燈的電線就燒黑了，迸出一點火星，燈泡熄滅。一盞球形的燈，底座是大理石的，座上還有一隻銅兔子，屈著四隻腳。我以前覺得這很美。它大概早就壞了。我們家裡的東西從來不拿去修，對東西很無所謂。

◇

現在，是另外一個時空。

我很晚才起床。在隔壁房間，我媽媽輕聲跟我爸爸說話。她後來跟我說，他一大早吐了，等不及尿桶拿到他面前。她猜想是前一天中午吃了雞鴨的內臟消化不良。他尤其掛意的是，她是不是把地板弄乾淨了，而且抱怨胸口有個地方痛。我感覺他的聲音變了。孩子走到他身邊去，他沒有特別注意他，只平躺著，不動。

醫生直接上他房間。我媽正在招呼客人。她後來也跟了上來，她和醫生兩個人又一起下樓到廚房。在樓梯下層，醫生低聲的說，必須送他去盧昂的十宮醫院。我媽媽心都沉了。

剛發病時，她就跟我說過。「他老是想吃他消化不了的東西。」拿礦泉水去給我爸爸的時候，她跟他這麼說，「你自己也很清楚你的肚子禁不起。」她兩隻手搓揉著醫生看病用的那條乾淨的餐巾，好像沒有聽懂的樣子，不願意相信這病有那麼嚴重，我們起先怎麼都沒看出來。醫生改口說，我們可以等到今天晚上再決定送不送醫院，說不定他只是發一陣熱。

我去藥房買藥。這天悶悶重重的。藥劑師還認得我。比前一年我回鎮上來的時候，路上的車子稍微多了些。在我來看，從我小時候到現在，這裡幾乎沒改變，以致我很難想像我爸爸真的生病了。我買了蔬菜，想做燜菜。沒看到老闆，有些客人很掛心，怎麼天氣這麼好，他還起不了身。他們自己對他精神不濟有一番解釋，他們還拿自己所感覺到的來舉證，「昨天，園子裡至少有四十度，要是我和他一樣在外面曬，我也會病倒。」，或者是「熱成這個樣子，真是難受，我昨天什麼也沒吃。」跟我媽媽一樣，他們似乎也認為我爸爸生病，是和老天爺逞強，不服老，而今受到了懲罰，不過小心以後可別再犯。

在他睡午覺的時候，來到他的床邊，孩子問：「這個爺爺，他為什麼睡覺覺？」

我媽媽在生意空檔就上樓去一下。門上的掛鈴一響，我就像以前一樣在樓下嚷嚷「有人來了！」叫她下樓來招呼客人。他只喝水，可是他的情況也沒有更嚴重。晚上，醫生沒再提起送醫院。

第二天，每次我媽媽或是我去問他覺得怎麼樣，他要不就鬧脾氣，要不就抱怨說，他已經兩天沒吃東西。醫生依他的習慣說法說這句話：「這是個逆著來的屁。」他這麼說不是開玩笑。每次看著他走下樓梯，我總覺得就在等他說這一句，或是隨便其他哪一句的俏皮話。

晚上，我媽媽，眉頭低低，嘴裡喃喃的說「我不知道接下來會怎麼樣」。她一直避免提起爸爸可能會死去。從昨晚開始，我們一起吃晚飯，我們照顧孩子，我們兩人不談他病情。我漫應著「再看看吧」。

大約在我十八歲的時候，我偶爾會聽到她對我拋過來一句話，「要是你遭殃……你自己知道你該怎麼做。」不必明說遭了殃是指什麼，我們兩個人都明白那個意思，從來不需要把那個字說出來：懷孕。

禮拜五過禮拜六的那個晚上，我爸爸的呼吸變得很沉，還發出刺耳的聲音。接著，聽見的是呼嚕嚕吸喘的響聲，不同於呼吸，吸喘持續了一陣。這很讓人心驚，因為我們不知道這是出自於肺或是腸子，就好像體內整個都是互通的。醫生幫他打了一針鎮靜劑。他緩和了下來。

下午，我把一些燙過的衣物放進櫃子裡。我好奇的掏出了一塊粉紅色的斜紋布，在床邊把它攤開來。這時候他撐起身子，看我弄，用他變了聲的嗓子跟我說：「這一條是要拿來做你床墊包巾的，你媽媽已經拿那做了這個。」他掀開被子，讓我看看床墊。這是他發病以來第一次，對他身邊的東西感興趣。回憶起這一刻，我以為一切都還存留，沒有丟失，可是，他說那些話是要表示他病得不嚴重，而其實越努力抓緊這個世界，越表示他正在遠離。

接下來，他沒再和我說話。修女來了以後，他整個意識都轉到打針這件事情上，都轉到我媽媽問他的問題上，我媽媽問他痛不痛、渴不渴，他或是或否回答她。有時候，他會抗議，「至少，給我吃點吧。」好像痊癒的關鍵就在這裡，不曉得被誰禁止了。他已經不去計算多少天沒吃東西。我媽媽一直說「餓一陣子不是什麼壞事」。

孩子在園子裡玩。我一邊看顧著他，一邊試著讀西蒙・德・波娃的《滿洲大人》。書我讀不進去，在厚厚的這本書的某一頁，我爸爸可能死去。客人總會來問消息。他們想知道他到底現在怎麼樣，是心肌梗塞，或者是中暑，我媽媽含含糊糊的回答讓他們起了疑心，他們以為我們隱瞞什麼。但對我們來說，什麼病一點也不重要。

◇

禮拜天早晨，一陣如歌似的頌唱聲，交錯著時斷時續的沉默，把我吵醒。臨終塗油禮的禱告聲。這是最不堪的一刻，我把頭埋進枕頭裡。我媽媽大概很早起床，等本堂神父做完第一堂彌撒就把他接來。

晚一點的時候，我媽媽在樓下招呼客人，我上樓去看看他。我發現他坐在床緣，垂著頭，很沮喪的看著床邊的椅子。他伸著手，手裡握著一只空玻璃杯。他的手抖得厲害。我沒有立刻明白過來，原來他是想把玻璃杯放在椅子上。在這漫長的幾秒鐘裡，我看著他的手。他絕望的樣子。終於，我幫他拿了杯子，幫他在床上躺好，把他兩隻腳抬到床上。「這個我做得來。」或者說「我已經長大了，這我可以做。」我敢真的看著他。他的臉孔只覺遠遠的，他對我來說一直都是這樣遠遠的臉孔。

在他假牙四周——他不願意拿掉假牙——嘴唇外翻露出了牙齦。成了養老院裡臥床的老人之一，我們學校的校長每年一到耶誕節就要我們到這些老人床前去唱聖歌。然而，甚至到了這樣的光景，他都讓我覺得他還能活很久。

中午十二點半，我想弄孩子睡覺。他沒有睡意，使勁在彈簧床上蹦蹦跳。我爸爸呼吸困難，眼睛睜得大大的。一如往常的禮拜天，大約在下午一點鐘，我媽媽把咖啡坊和雜貨鋪子的門關了。她上樓到他身邊去。我洗碗盤的時候，我姨丈、阿姨來了。見過我爸爸以後，他們到廚房來坐。我幫他們倒了杯咖啡。我聽見我媽媽在樓上慢慢走動，聽見她下樓來。我心裡想，雖然步子慢，很不尋常，但她要來喝她的咖啡了。她人就站在樓梯轉角的地方，輕聲的說：「過去了。」

店舖已經不在了。那是一棟很特別的房子，老舊的門面，窗口掛著布簾子。我媽媽離開這裡，搬到靠近市區的一棟公寓去以後，生意就不做了。她請人在墓前做一塊大理石墓碑。A.D.，一八九九—一九六七。墓碑很樸素，沒有雇人照管。

我回了家，回到現實的中產階級、有教養人士的世界，我去辦好了遺產繼承的申報手續。

我十二歲那年，有個禮拜天，在做完彌撒以後，我和我爸爸一起登

上市政府前寬敞的台階。我們四處找著市立圖書館的入口。我們從沒來過這裡。這讓我雀躍不已。聽不到門後面有任何聲響。我爸爸還是推開了門。裡頭很安靜，比教堂還無聲，地板吱吱響，尤其有一股古怪的味道，老舊的味兒。高高櫃台後面兩位男生看著我們走進來，櫃台堵住了書籍陳列架的入口。

我爸爸讓我自己去問：「我們想借書。」其中一個男的立刻說：「您想借什麼書？」沒來這裡以前，我們沒有想到必須先知道我們要借什麼，必須先說出書名，就像說個餅乾的牌子那樣輕鬆。我們依自己的興趣做了選擇，我挑了《可倫巴》，我爸爸挑了莫泊桑輕薄短小的小說。我們後來沒有再去那個圖書館。是我媽媽拿書去還，說不定，逾期了很久。

他用腳踏車把我從家裡載到學校去。無論晴、無論雨，從這一岸到另一岸的擺渡人。

說不定他最覺得驕傲的事，或者說他存在的正當性，是這個：我屬於鄙夷他的那個世界。

他哼著：是船槳讓我們兜圈圈。

◇

我想起一本叫做《極限經驗》的書。讀了開頭幾頁，就讓我沒勇氣再往下讀，書裡只談形上學和文學。

我寫作的時候，總是同時改作業，我提供作文範本給學生，因為學校付我薪水做這件事。這種思想啟發的遊戲，和奢華生活一樣，給我一樣的感覺，不真實的感覺，讓我想哭。

去年十月，我推著小推車在超市櫃台前排隊的時候，認出了以前的一位女學生。也就是說，我記得在五、六年前曾經教過她。我已經不記得她的名字，也不記得她是上我哪一班。輪到我結帳的時候，為了跟她攀談幾句，我問她：「你好嗎？你在這裡做得愉快嗎？」她回答說很好啊很好啊。然後，把一些罐頭、飲料入了帳以後，她有點不好意思的說：「技術專科學校沒有考上。」她大概以為我還記得她是誰。可是我忘了她為什麼會去考技術專科學校，而且不記得她被分到哪一組。我跟她說「再見」。她左手已經拿了下一位顧客買的東西，右手敲著收銀機，不必看鍵盤。

一九八二年十一月——一九八三年六月

# 一個女人

*Une Femme*

聲稱矛盾是無法理解的，這種說法是一項錯誤，因為在生者的痛苦中，這種矛盾真實存在著。

——黑格爾

我媽媽過世了，四月七號禮拜一在彭多茲（Pontoise）的一處養老院，我把她安置在這地方已經兩年了。男護理士在電話裡說：「您母親今天早上用過早餐不久，人就過去了。」時間是十點鐘左右。

她房間的門，第一次，關了起來。已經有人幫她梳洗乾淨，一條白色布巾裹著她的頭，繞過下巴，把周圍的肌肉往嘴巴、眼睛擠。她身上的被單拉到了肩膀上，兩隻手蓋在裡面。她像一具小小的木乃伊。床四邊的護欄都沒圍上，圍上護欄是為了不讓她下床。我想幫她換上白色睡衣，繡著花邊的那一件，那是她以前買來自己入殮要穿的。護理士跟我說，會有一位女看護工負責這些，她也會幫她掛上床頭櫃抽屜裡的那個十字架。那個銅製耶穌像的十字架，缺了兩根小栓子，耶穌兩邊手臂沒辦法固定。護理士不確定他能不能找到那兩根栓子。這不是太要緊，我還是希望她戴著她自己的十字架。

在一張活動式的桌子上，擱著我昨天帶來的一盆綠色的連翹。護理士建議我立刻到醫院的民政處去申報死亡。在這時候，有人要來清點我媽媽的個人財物，列出一張清單。她幾乎一無所有，一件套裝、一雙夏天穿的藍色鞋子、一把電動刮鬍刀。有個女的開始大嚷大叫，她幾個月以來都是這樣。我腦筋怎麼也轉不過來，怎麼她還活著，我媽媽卻死了。

在民政處，一位年輕婦人問我有什麼事。「我媽媽今天早上過世。」「她是來醫院看病的病人，還是長期在這裡療養的院民？什麼名字？」

她看著一張紙，微微帶笑：她已經知道這件事了。她去拿我媽媽的文件，問了我幾個關於她的問題，她的出生地、她住進這裡來以前的地址。這些資料都要記錄在文件上。

在我媽媽房裡，有人已經把她的東西收拾好，裝在一個塑膠袋裡，放在床頭櫃上。護理士拿了一張財物清單要我簽名。除了一個小雕像以及一個通煙囪的薩瓦工人小人像之外，我不想帶走她在這裡的那些衣服和用品。小雕像是有一次和我爸爸到利濟厄朝聖的時候買的，而那個通煙囪的薩瓦工人小人像，是安希（Annecy）的紀念品。

現在我人來了，他們就能把我媽媽移到醫院停靈的堂屋去，不必依規定把屍體放在診療室兩個小時。離開的時候，經過人事處那間玻璃隔間的辦公室，我看見和我媽媽同一間房的那位太太在裡頭。她坐著，握著一個手提袋，人家請她在那裡稍待，等我媽媽送到停靈的堂屋。

我前夫陪我到葬儀社去。在人造花展示架後面，有幾把扶手椅，和一張矮桌子，桌上放了幾本雜誌。一位職員領我們進一間辦公室，問了幾個問題，死亡的日期、埋葬的地點、要不要做彌撒。他把這些記在一本大冊子上，不時在一台小計算機上按一按。他帶我們到一間暗暗的房間，房間沒窗，他開了燈。十來口棺靠牆立著。一位職員明白指出：「稅都包含在價格裡了。」有三口棺開開的沒上蓋，好讓顧客挑裡頭軟墊的顏色。

我挑了一口橡木做的棺，因為橡樹是她最喜歡的樹，她每每看到一件新家具，總是急著要知道是不是橡木的。我前夫建議用紫紅色的軟墊。他很得意自己還記得她常穿這個顏色的上衣，他甚至有點高興。我開了張支票給職員。他們承辦所有的事項，但不負責提供鮮花。午夜時分我才回到我自己的家，我和我前夫喝了點波多酒。我的頭、我的肚子開始痛。

大約五點鐘，我打電話去醫院，問能不能帶我兩個兒子去太平間看我媽媽。總機告訴我這時候太晚了，太平間四點半就不對外開放。我自己一個人開車出去，到醫院附近的幾個新社區，找一家禮拜一有營業的花店。我想買白色的百合花，可是花店老闆覺得不妥，嚴格來說，只有孩子、年輕女孩才用百合。

葬禮在禮拜三舉行。我兒子、我前夫陪我到醫院去。往停靈堂屋去的通路沒有標示箭頭，我們先是迷了路，後來才發現它在田野邊，在一棟水泥平房裡。一位穿著白色罩衫的工作人員正在講電話，他擺擺手示意我們坐一下。我們在走道旁靠牆的一排椅子上坐下，面對敞著門的盥洗室。我想再看看我媽媽，想把我皮包裡兩枝開了花的溫桲樹小枝子放在她身上。我們不知道封上棺木以前，他們會不會事先告訴我們，讓我們見我媽媽最後一次面。我們之前見過的那位葬儀社的職員，從旁邊的房間裡走出來，很有禮貌的請我們跟著他走。我媽媽已經在棺木裡，她的頭往後仰，雙手合掌，端整的放在耶穌像十字架上。她臉上的繃帶已經拆掉，換上了花邊睡衣。綢緞被子蓋到她胸口上。這兒是一處空蕩蕩的大廳，水泥造的。我不知道這些許陽光是從哪兒透進來。

葬儀社的職員告訴我們探望的時間已經到了，他陪我們回到走道上。我覺得他領我們看我媽媽，是想讓我們看看他們公司所提供的完善服務。我們途經新社區，來到了位於文化中心附近的教堂。靈車還沒到，我們在教堂門前等。對面，在一家超市的牆上，用柏油寫了一行字，「金錢、商品和政權，是南非種族隔離政策的三大柱石」。一位神父走過來，態度很和氣。他問，「是您母親嗎？」也問我兩個兒子，是不是還在念書，念哪所大學。

狀似一張小小的空床，鋪著紅色絨布，就著水泥地擺在祭壇前。不久，葬儀社的人把我媽媽的靈柩放在這上面。神父把一捲管風琴的錄音帶放進錄放音機。參加追思彌撒的只有我們，我媽媽在這裡沒有認識的人。神父講論著「永生」、「我們的姊妹在主裡復活」，他唱詠讚美歌。我真希望這一刻永遠駐留，能再為我媽媽做點什麼，表述她的行誼，頌禱唱詠。管風琴的樂聲再次揚起，神父吹滅了靈柩兩旁的蠟燭。

葬儀社的車子立刻開往諾曼第的伊夫托，我媽媽要葬在我爸爸身邊。這趟路我開我自己的車去，跟我兒子一起。整個路程都下雨，風一陣陣呼呼的颳。孩子問我追思彌撒的一些事，因為他們以前從來沒參加過，他們不知道在儀式進行當中該有什麼舉止。

在伊夫托，親戚們都聚在墓園入口的柵欄附近。我的一位表姊怕看著我們走近前來而沒話說，遠遠就對我喊道：「什麼天氣嘛，真像是十一月天！」我們一起到我爸爸的墓地去。地上挖開了一個洞，翻起來的土堆在旁邊像個褐黃色的小山。我媽媽的靈柩也到了。靈柩懸在繩子上，對準了溝洞，這時候，葬儀社的人扶著我向前，好讓我看著靈柩緩緩沿溝壁而下。掘墓的人手握鏟子，在幾公尺外等著。他穿藍色工作服，戴貝雷帽，穿長靴，臉色泛紫。我很想跟他說說話，給他一百法郎，想像著他說不定會拿這錢去喝酒。這也沒什麼關係，再說，他是最後幫我媽媽做事的人，一整個下午幫她覆上土，他是該去快活快活。

親戚不希望我空著肚子離開。我阿姨已經在餐廳訂了位。我留了下來，我覺得這也是我還能夠為她做的事。上菜很慢，我們聊著工作、孩子，偶爾提到我媽媽。有人跟我說到，「像她那種樣子多活幾年又有什麼意思？」對所有的人來說，她死了反而好。這樣一個句子，一種明確的說法，是我無法明白的。晚上，我回到巴黎。一切真的都到了結尾。

◇

接下來那個禮拜，無論我人在哪裡總是淚流不止。一覺醒來，我知道我媽媽過世了。我從沉沉睡夢中醒來，夢境一點也沒印象，只記得她在夢中，已然亡故。除了不得不做的家務，買菜，做飯，把衣服放進洗衣機裡，我什麼也沒做。我常會忘記手邊事情的先後次序，挑揀好了菜葉，動作就停止，沒有接著洗菜，得再費好大的勁兒，才能想起下一步該做的。書是不可能看得進去。有一次，我下樓到地窖，我媽媽的皮箱放在地窖裡，裡頭裝著她的小錢包、一個夏天用的手提袋、幾條家常的圍巾。我面對著這個開敞著的皮箱萎靡了下來。到城裡，在戶外，我的狀況更不好。我開著車走，心頭猛然一震：「在這個世界上到哪兒都找不到她了。」我無法明白別人日常的行為舉止，他們在肉販子店裡小心翼翼的挑著這塊那塊肉，讓我覺得不舒服。

這種情形一點一點的消失。還滿高興現在這冷冷、多雨的天氣，就像這個月月初我媽媽還活著的時候。每次我發現「沒有必要再（為她做這件事）……」或者是「我不需要再（為她做那件事）……」的時候，都會有一瞬間的空白。有個念頭洞開：這個春天她見不到了。（現在可以感覺平凡的句子也具有力量，甚至連口頭禪也一樣。）

明天，葬禮就滿三週了。一直到前天，我才克服寫作的恐懼，在白紙上方寫著，「我媽媽過世了」，就像一本書的開頭，而不是寫給某個人的信。我也才能夠端詳她的相片。其中有一張相片，在塞納河邊，她坐著，雙腿交疊。一張黑白相片，不過彷彿可以看到她紅棕色頭髮，她黑色羊駝毛套裝的光澤。

我要繼續寫我媽媽。她是我唯一真正在乎的女人，兩年前患了癡呆症。或許最好還是等她的病、她的過世在我生命中沉澱以後，我再動筆；有了距離感，才容易釐清記憶，就像我人生中其他的事件，我爸爸的死亡，我和先生的離婚。只是在這個時候，我沒有辦法做其他事。

這是個艱鉅的工作。對我來說，我媽媽沒有故事可講。她一直就在那兒。要談她，我第一個步驟是把她凝固在沒有時間感的幾幅影像中：「她性子烈」、「她這女人沾手的事沒有不著火的」，而且有她到場的地方，都會一團混亂。我只有在我自己的想像裡還能見到這樣的女人，同樣的，幾天以來，在我的夢裡，我又見到活生生的她，看不出年紀，處在一種緊張的氣氛裡，就像是驚悚電影裡的氣氛。我想要抓住那個存在於我之外的女人，那個真真實實的女人，在諾曼第一個小鎮的郊區出生，在巴黎一處醫院附設的老年醫學中心過世。我希望我的寫作能夠以家庭與社會、神話與歷史之間的結合點為座標。我的書寫須帶有文學性，因為要探尋的是我媽媽的真實面貌，而這只能藉由文字來描摹。（也就是說，這樣的真實面貌不是藉由相片、我的回憶、親戚追溯的往事所能勾勒的。）可是我仍然希望，在某個方面，這寫作是不及於文學那樣的等第。

◇

伊夫托是個寒冷的城市，建造在多風的台地上，位於盧昂和哈佛港之間。二十世紀初，這裡曾經是這整個農業省分的商業、行政中心，而農地大都落在幾位大地主手中。我外祖父，在一處農莊裡當馬車夫，我外祖母，在家裡織布，他們結婚幾年後，搬到這個城市落戶。他們兩人的家鄉原本是鄰近的一個小村莊，就在三公里外。他們在鐵道的另一頭，城郊的地方，租了一間矮矮小小、有院子的房子，就在界線模糊的鄉野地區，介於車站附近最外圍的一間咖啡坊，和第一畝油菜花田之間。我媽媽一九〇六年在那兒出生，六個孩子中的老四。（她曾說：「我不是生在鄉下。」她覺得驕傲。）

她有四個兄弟姊妹一輩子沒離開過伊夫托，我媽媽人生有四分之三是在這裡度過。他們家離市中心很近，可是從來沒搬進城裡住過。他們「到城裡去」，去望彌撒，去買肉，去寄掛號信。現在，我表姐在市中心有間房子，十五號國道就從她家經過，日夜都有卡車來來往往。她給她的貓吃安眠藥，以免牠跑出去，被車碾過。我媽媽小時候住的那一區，現在是高收入的人最嚮往的區域，因為那地方靜謐，房子有古意。

我外祖母訂有家規，對孩子或罵或揍，「管教」有加。她是個做起工來粗猛有力的女人，不太隨和，除了翻翻連載小說以外，沒別的消遣。她寫起信來文情並茂，而且是這個郡第一個拿到文憑的人，她本來是可以去當老師的。她父母親不讓她離開村子。他們深信離開家庭，是不幸的根源。（在諾曼第，「野心」意味著要背負離鄉背井的痛苦，一隻狗會因為野心而賠上性命。）為了把她十一歲時那一段封滯的歷史也包括進來，我回想起那些以「想當年」起頭的句子：想當年，我們可不像現在能去上學，我們都乖乖聽父母的話，等等的。

我外祖母把家料理得很好，也就是說，她能花少少的錢，就讓家人吃飽穿暖。帶孩子排排坐望彌撒的時候，身上穿的沒破洞、沒髒汙，算是過得十分有尊嚴，一點也感覺不出來是鄉巴佬。她把襯衫的領子和袖口翻捲過來，就可以再穿久一點。她什麼東西都捨不得丟，牛奶上面的那層膜、不新鮮的麵包，都留下來做蛋糕，木柴燒成灰燼可以拿來洗衣服，用爐子的餘溫把李子烤乾或者是烘乾抹布，早上盥洗的水當天要用來洗手。懂得節約之道，貧窮的日子也過得安然。這種種持家妙招，母女相傳了幾個世紀，但一到我就中斷，我只像個檔案管理員，知道有這些秘訣。

我外祖父，是個溫和的壯漢，他五十歲時死於心絞痛。我媽媽那年十三歲，她很愛他。我外祖母當了寡婦以後，變得更強悍，隨時保持警覺。（兩個可怕的景況：男孩子坐牢，女孩有了私生子。）這時候已經沒有在家裡做織布工這個行業，她幫人洗衣服，到工作場所當清潔婦。

在她老年，和她小女兒、女婿住一起，住的是沒有電的木板屋，這原是旁邊一家工廠以前當做食堂的地方，就位在鐵道的下邊。禮拜天我媽媽帶著我去看她。她個子不高，體型圓圓，雖然一隻腳天生比另一隻短，但行動敏捷。她看小說，話不多，開口的時候常顯得唐突，喜歡喝燒酒，她把燒酒倒進殘留著一點咖啡的杯子裡，摻著喝。她在一九五二年去世。

◇

我媽媽的童年，有點類似這樣：

食慾從來沒有得到滿足。去麵包店買麵包，回家途中，把用來補足斤兩的碎麵包塊一口生生的吞下。「我到二十五歲，才能唏哩呼嚕的吃喝解饞！」

所有的孩子都睡同一間房，她和一個妹妹同床，她自己有夢遊的毛病，有一次人家發現她在院子裡，人站著，睜著眼睛，還在睡覺。

衣服、鞋子都是姊姊穿過妹妹穿，聖誕節有零碎布頭做的布娃娃，牙齒被蘋果酒蛀了洞。

不過也有快樂時光，坐著勞役馬去遛達，一九一六年的冬天在結凍的池塘上溜冰，玩捉迷藏，玩跳繩，臭罵那些在私立學校念書的「淑女們」，擺出嘲笑人的標準姿勢——背過身子，一隻手噗噗噗的拍拍屁股。

她的行徑一點也不像鄉下女孩，男孩子懂得的本事她都會，鋸木頭、把蘋果從樹上搖下來、殺雞用剪刀割雞脖子。和男孩子僅有的差別是，不能領那「少得可憐」的工錢。

她上市立小學，每個季節該做的事或多或少得幫著做，兄弟姊妹生了病也跟著感染。對學校沒有太多記憶，只記得女老師很注重禮貌和衛生，檢查指甲、檢查衣領，脫下一只鞋（老是搞不清楚應該抬起哪隻腳）。老師教的在她如馬耳東風，沒有激起什麼特別的想望。沒有人會「強迫」他們的孩子讀書，得要是「他們自己有心讀」，去上學不過是消磨時間，好讓父母親白天不用費神照顧。缺席幾堂課也無所謂，不會有什麼損失。可是，不能不去望彌撒，就算是在教堂最後頭的位置參加崇拜，也能讓人感覺和靈性、和富裕、和美麗事物有份（繡工精美的祭袍、金質的聖餐杯、讚美歌），不必「過得像條狗一樣」。我媽媽在很小的時候就對信仰非常火熱。基本教理講授是她唯一熱中學習的課程，教理問答背得滾瓜爛熟。（後來，上教堂，禱告啟應的時候，她一樣很投入、很歡喜的啟應，好像要表現出她懂這些程序。）

沒有所謂幸或不幸，十二歲半踏出校門，是一般的通則。[1]在她做工的那家人造奶油工廠，她得捱寒受凍，還要忍受潮溼，濡溼的兩隻手一整個冬天都長凍瘡。後來，人造奶油讓她看了就「膩死了」。所以，她沒有太多「青春期的幻想」，不過，還是期待著禮拜六晚上，她賺的工錢給了媽媽，自己只留一點去買《時尚風韻》和搽面香粉。生活中，有開心的大笑，也有令人憎惡的事。一天，工頭遮面的巾子不小心勾到機器的傳輸帶。沒有人幫他脫困，他靠自己掙開來。而我媽媽人就在他旁邊。怎麼受得了這種事？除非願意忍受人和人之間的疏遠、淡薄。

隨著二〇年代工業化革命的進展，地方上開設了一家規模頗大的纜繩工廠，這家工廠吸引了這個省份所有的年輕人。我媽媽，還有她的姊姊、妹妹，和兩位哥哥，都到這家工廠做工。為了方便起見，我外祖母搬了家，在離工廠一百公尺的地方租了間小房子，晚上她和幾個女兒在工廠裡當清潔婦。我媽媽很滿意這間乾淨又乾燥的工廠，工作時間沒有不許人講話、說笑。在這麼一間大工廠裡做工覺得很驕傲：不同於那些守著牛群的鄉下女孩，和這種未開化的生業一比較，這似乎文明多了，而且不同於在有錢人家裡幫傭的女傭還得「幫主人擦屁股」，在這些女傭的眼中，女工自由多了。可是，不知怎麼的，她依然覺得這離她的夢想很遠，她夢想的是：當個商店售貨小姐。

1 原註：然而，只提當年的情況，會讓人有錯誤印象。一九八六年六月十七日的「世界報」，有一篇文章談到了我媽媽的故鄉上——諾曼第省的教育現狀：「雖然延後入學的情況有了改善，並且持續看得到成效……但是，這個問題一直沒有得到徹底的解決。每一年，有七千名青少年沒有受到良好的培育，就離開學校教育體系。從『放牛班』畢業的學生，根本沒有達到應有的程度。根據一位教師的說法，他們其中有半數，沒辦法自己看兩頁依他們的程度編寫的書。」

和許多食指浩繁的家庭一樣，我媽媽家也是一大幫子人，意思就是說，我外祖母和她孩子的習性、作風都很相像，像半帶一點鄉下氣息的工人那樣的過活，人家很容易認得他們就是「姓D的那家人」。管他是男生、女生，動不動就大呼小叫。常常很樂天，可是心思又多如牛毛，冷不防的就發起火，「有話不叫別人傳，當面就挑明直說」。尤其，很自豪他們工作有幹勁。說什麼也不承認有人會比他們做工更有膽氣。一直有一種想法，儘管環境受限，偏偏相信一定能成為「有頭有臉」的人。說不定，就是這種潑辣勁讓他們對一切都很投入，工作，吃喝，笑到眼淚流出來，過了一個小時以後卻說，「我要去投蓄水池，死了算了。」

全家人，就數我媽媽性子最烈、最有傲氣，她心裡清楚她的工作是社會上最卑微的，也為此忿忿不平，而且堅拒別人只以工作來論斷她。一講到有錢人她常常這麼想，「我們也跟他們一樣夠格」等等這一類。她有一雙灰色的眼睛，是個健壯美麗的金髮女郎（「有人還想出錢買我的健康呢！」）。落到她手邊的書報雜誌她都喜歡讀，喜歡唱新的曲子，愛化妝，成群結黨的進電影院、上劇院，看「恥辱羅傑」（Roger la Honte）以及「鐵匠鋪師傅」（Le Maitre de forges）的演出。隨時準備「犒賞自己」。

可是在那樣年代，在那樣一個小城裡，鄰里間主要的生活重心都是在打探別人私事，老是留著一隻眼睛監視著，女人家的一舉一動自然是他人監視的目標，女人只能在滿足自己「享受青春」的慾望與被人家「指指點點」這兩者之間取捨。我媽媽努力讓自己符合別人對工廠女工的正面評價：「是個女工，但很正經」，按時望彌撒，參加重要宗教儀典，在麵包上祝聖，到孤兒院的修女那裡去縫繡自己的結婚禮服，從來不單獨跟一個男孩子到樹林去。但就算不提她穿短裙、把頭髮剪得像男孩、眼神直勾勾的「不害臊」，單單是她和男孩子一起做工這件事，就足以讓人不把她看作是她自己嚮往的那種人：「守本分的女孩」。

我媽媽年輕的時候，有一部分是這個樣子：竭力擺脫最可能臨到的命運，擺脫貧窮當然是首要的，擺脫酗酒可能也是其一。也竭力避免那些「放縱自己」的女工會做的事（譬如抽菸，晚上在街頭遊蕩，出門身上還沾著汗漬），讓「正經的年輕男士」嫌棄她。

她的兄弟姊妹卻什麼也沒擺脫掉。過去這二十五年來有四個去世了。長久以來，填補他們那永遠填不滿的憤懣的，是酒精，男人上咖啡坊買醉，女人在家裡暢飲。（唯有最小的妹妹不喝酒，她現在還活著。）他們醉到某種程度，就不再樂天開朗，也不太說話。在別的時候，他們一句話不吭的拚命工作，「一個好工人」，一個「讓人沒話說」的清潔婦。

幾年的時間過去，別人對他們喝酒的觀感，他們已經習以為常，不以為意，「好爽快」，「醉得鼻子都冒出酒氣」。聖靈降臨節的前一晚，我在下課回家的路上，遇見了M阿姨。每到休工的日子，她就帶著一袋子的空酒瓶到城裡去。她摟了摟我，說不出話來，只在原地搖搖晃晃。我相信，如果我把自己當作那天沒遇到我阿姨，我就不可能寫作。

對一個女人來說，婚姻要不帶來生，就是帶來死，要嘛就期待著兩人生活有好一點的未來，要嘛就永遠陷入不幸。所以，得懂得挑「會讓女人幸福」的男人。當然，別挑個務農的，就算他有錢也不要，他會讓你在沒電的小村莊擠牛奶。我爸爸在纜繩工廠做工，他身材高大，穿著體面，「有那麼點風度」。他不喝酒，把錢攢下來準備成家之用。他個性平和、開朗，比她大七歲（可不要挑個「毛頭小子」嫁！）。她紅著臉，笑咪咪的說：「很多男人對我獻殷勤，甚至還被求過幾次婚，你爸爸是我挑中的。」常常加上這麼一句：「他看起來就是與眾不同。」

我爸爸的背景跟我媽媽的很相似，家裡兄弟姊妹眾多，爸爸幫人趕大車，媽媽是織布工，十二歲踏出校門，這當口，到大農莊當雇工，做田裡的活兒。不過他的大哥在鐵路局謀得一個好職位，兩個姊姊都和商店的伙計結了婚。她們曾經在有錢人家裡幫傭，學會了說話不嚷嚷，走路要從容，不要太招搖，引人側目。她們是「端莊」多了，不過對於像我媽媽那種工廠女工滿鄙夷，女工那樣子、那動作，她們覺得俗氣，是她們一心要擺脫的。她們認為，我爸爸「應該能找到個更好的」。

他們在一九二八年結婚。

結婚照裡，她臉龐勻稱像聖女，沒有血色，有兩綹捲捲的鬢髮，頭紗箍著頭，遮到了眼睛。胸部、臀部很飽滿，還有一雙美腿（禮服沒有遮住膝蓋）。沒笑容，表情安詳，有點嬉耍的味道，目光裡帶著好奇。而他，蓄著小鬍子，領口打蝴蝶結，顯得老多了。他皺著眉，神情嚴肅，說不定是擔心相片拍壞了。他攬著她的腰，她把手搭在他肩上。

他們站在一條馬路上，在一座院子旁邊，院子裡高高的雜草叢生。他們背後，兩棵蘋果樹樹冠交拱，形成了穹頂。遠處，看得見一間低矮房子的門牆。這個畫面我彷彿感受得到，馬路上乾燥的泥巴土，小碎石隨處裸現，初夏的鄉野氣息。可是相片裡那個新嫁娘，不像是我媽媽。我對著相片凝視良久，直到產生幻覺，以為相片裡的臉孔動了，此時我只看到的一個柔柔亮亮的年輕女子，有點模仿二〇年代的電影裡的穿著。向我顯明相片裡的人就是她的，唯有，她握著手套的那雙大大的手，和她頭仰得高高的那模樣。

◇

這位新嫁娘的歡喜與驕傲，我幾乎能感受。她的肉體慾望，我卻一無所悉。新婚頭幾日——她曾經對她一個姊姊說過貼心話——她上床的時候，睡衣裡還穿著底褲。但這並不表示什麼，遮著私處是不可能相愛交歡，但這件事總會發生，只要是個「正常人」。

起先，當了太太，而且安居下來，讓她很亢奮，第一次使用嫁妝裡帶來的成套餐具、繡花桌布，挽著「她先生」手臂出門，以及那些嘻笑、那些爭吵（她不會做飯）；還有講和（她不是個會賭氣的人），彷彿過一種新生活。可是收入沒增加。他們得付房租，還有買家具的幾張票子要付。凡事都得精打細算，向父母親要來幾棵蔬菜（他們沒有園子可栽種），終究，過的日子跟以前沒兩樣。但兩人對生活的態度不一樣。他們兩人，都有所期待，在他，希望的是不怕一輩子勞碌打拚，傾向於對自己的處境認命，而在她，抱著他們沒什麼好損失的信念，要盡一切所能擺脫現狀，「不管三七二十一」。當女工，她是覺得驕傲，但可不想一輩子就這樣，總夢想著依自己的能耐去闖一闖：頂一間食品雜貨鋪子來經營。他跟著她的腳步，她是夫妻關係中驅動邁進的意志力。

一九三一年，他們貸款在利勒邦（Lillebonne）頂了一間兼賣食品雜貨的咖啡坊，利勒邦距離伊夫托二十五公里，當年是七千人口的小鎮，居民大半是工人。咖啡坊位於河谷區，周遭有幾家十九世紀就開設的紡織工廠，這幾家工廠支配了這裡居民從生到死的生活步調與生活方式。

甚至直到今日，只要一提二次大戰前的河谷區，就不需要再多解釋，大家心知肚明：酒鬼和未婚媽媽就屬這裡最多，牆壁上老是濕潮潮，不少新生的嬰兒瀉青便，兩個鐘頭不到就夭折。我媽媽那時候二十五歲。她應該是在這地方有了強烈的自我，有了這樣一張臉孔，這樣的品味，這樣的生活方式，而我長久以來一直以為她天生就如此。

店裡的生意不夠養活他們，我爸爸到建築工地去做工，後來又到塞納河下游的一家煉油廠去，他在那裡當了工頭。她自己一個人看店。

她隨即非常帶勁的做起生意，「總是笑咪咪」、「對每個人都親切招呼」，耐性十足：「我連石頭都能說動人家掏腰包！」剛開始，她頗能體會工人窮困的處境，因為她也過過比那更苦的日子，而且她自己也意識到，她是靠那些自己沒辦法賺錢的人賺錢。

搬到河谷區沒多久就生了個女兒，想必，帶著孩子在雜貨鋪子、咖啡坊、廚房之間幾頭忙，她連一點自己的時間都沒有。早上六點鐘開店門（紡織廠的女工來買牛奶），晚上十一點打烊（有人來玩牌、打彈子台），隨時會被一些習慣上好幾次門買東西的客人所「攪擾」。才比女工多賺一丁點，覺得辛酸，也總要憂心「撐不下去了」。可是在同時，又覺得自己有能力承擔——她能不讓那幾戶人家賒帳，幫助他們讓日子過得下去嗎？也覺得能講講話、能聽人講講話很有意思——在店裡會聊起那麼多世間事——總之是個開闊的世界，滿幸福。

而且她也在「提升」自己。得要到處去（去稅捐處、去市政廳），去見盤商、見工會代表，她學會了講話小心，她出門都戴帽子，不會「裸著頭」。買衣服的時候會先想一想這夠不夠「時髦」。本來只是心裡抱著希望，後來終於確定不會再「開戰」。除了德歷的作品[1]，以及隱修士

1 Delly，二十世紀初的一位通俗羅曼史作家，寫作題材常是一位純情女子在經過痛苦與試煉之後，終於感動了驕傲、冷酷，卻十分有魅力的公子哥兒。

皮耶的天主教作品以外[2]，她也讀貝南諾[3]、莫理亞克，以及柯蕾特的「不正經故事」。我爸爸沒像她提升得那麼快，他還是害羞、拘謹，白天是工人，晚上雖然是咖啡坊的老闆，卻不覺得那是他真正的職份。

有過幾年經濟危機的黑暗期，罷工，布魯姆[4]，一位「終於站在工人這一邊」的政治人物，推行社會改革政策，在咖啡坊裡慶祝到了半夜，她娘家的人到家裡來，所有房間都擺滿了床墊，他們走的時候，帶著鼓鼓的一袋離開，袋子裡裝滿了吃的、用的（她很捨得給，再說，在她娘家，不也就只有她脫離了貧窮？）卻和「另一邊」的家庭不和睦。是痛苦。他們的女兒淘氣、無憂無慮。在一張相片裡，她看起來比她真正的年紀大一點，細細的腿，膝蓋骨突出。她面帶笑容，一隻手遮著額頭，擋住陽光射進眼睛。在另一張相片裡，小女孩繃著臉，站在第一次領聖體的堂姊旁邊，不過她仍伸著手，一邊玩著自己張得開開的手指頭。一九三八年，復活節的前三天，她死於白喉。他們只想要一個孩子，好讓孩子過得幸福。

喪女之痛逐漸復原，只是精神萎靡不發一語，藉禱告，藉著相信「小聖女在天堂」的想法熬過來。一個新生命，在一九四〇年年初孕育，她期待另一個孩子的到來。我在九月出生。

2 Pierre L'Ermite，十一世紀的一位法國傳教士，在第一次十字軍東征時，曾率領一支由平民組成的一字軍前往土耳其。

3 Bernanos，二十世紀法國作家，創作主題多探究天主教思想。

4 Leon Blum，法國二十世紀初的政治人物，一九三五年，人民陣線組織大選獲勝執政後，由布魯姆出任總理，推行經濟、社會改革，使工人、農民等勞動階級收入提高。次年，即因大資產階級的抵制，導致改革成效不彰而暫緩實施。

◇

現在我反而覺得，我寫我媽媽，是輪到了我，將她降生在這世界上。

我已經動筆寫了兩個月，寫在一張紙上「我媽媽過世了，四月七號禮拜一」。此後，這個句子我承受得住，甚至讀它的時候，不會有異樣的感覺，就像讀的是別人寫的文字。可是一到醫院、養老院那區，我還是禁受不起，也不堪突然想起一些細節，是我已經遺忘的，她活著最後那幾日的一些細節。剛開始，我以為我會寫得很快。事實上，我花很多時間尋思那些要寫的事情的先後次序、推敲文字的選擇與鋪排，好像會存在著某種完美的秩序，唯有這種完美秩序能建構我媽媽的真實——可是我自己並不清楚所謂真實包含了哪些——而且我寫作的時候，只在乎探求這完美秩序。

逃難記：她和鄰居一起，走陸路避到了尼奧爾[5]，她睡穀倉，喝「那邊的小酒」，後來，她自己一個人騎著腳踏車回來，沿路穿行德軍的關隘，要趕回去下個月在家裡生產。她一點也不害怕，全身髒兮兮回到家，我爸爸認不出是她。

德軍占領期間，整個河谷區的居民都擠到他們雜貨鋪子來，希望能得到一點生活物資。她竭盡全力養活所有人，尤其是那些食指浩繁的家庭，做個好人、能幫得上別人的忙，是她的驕傲、她所嚮往的。轟炸期間，她不願意躲到山丘斜坡的公共防空洞裡，寧願「死在自己家裡」。

5 Niort，在法國中西部的一個城市，距離原來居住的利勒邦有數百公里遠。

午後，利用上次和下次空襲警報的空檔，她用嬰兒車推我去散步，讓我更健壯。這個時期，人和人很容易建立友誼；我爸爸一個人照顧生意冷清的店，她則到公園，在長椅凳上，和幾個很守分寸的少婦成了姊妹淘，這些少婦在沙坑前邊看著孩子邊聊天，手裡還一邊打毛線。英國軍隊、美國軍隊進駐利勒邦。坦克車行駛過河谷區，拋出了許多巧克力，和一包包橘子粉，大家在塵埃中撿拾這些東西。每天晚上，咖啡坊都擠滿士兵，偶爾會打架鬧事，不過通常是氣氛歡樂，而且學會了 shit for you（去你的狗屎）。後來，她講起戰爭那幾年，就像在講一部小說，那是她人生中最大的歷險。（她非常喜歡《飄》那本書。）說不定，在這樣集體遭難的日子裡，反而能喘口氣，不需打拚脫離貧窮，因為在那樣的時節根本是甭想了。

這個年代的女人都美麗，面色酡紅。她聲音洪亮，常扯著嗓子叫叫嚷嚷。她也很愛笑，從喉嚨裡發出笑聲，一笑就看到她的牙齒和牙齦。

她燙衣服的時候會唱歌，〈櫻桃時節〉、〈麗吉達——爪哇的可愛之花〉，她包頭巾，穿藍色寬條紋的夏天連身裙，另外還有一件卡其色的連身裙，布料柔軟，有凹凸花紋。

她拿小粉撲在洗碗槽上方的鏡子前化妝、塗口紅的時候，先在嘴唇中間畫個小心形，在耳後噴香水。要扣上緊身褡，她會轉身對著牆。她的肌膚從交錯的繫帶間透出來，繫帶在緊身褡下邊打一個蝴蝶結，和一個玫瑰花結。她身體每一部分我都不陌生。我心裡想，等我長大，我就會是她。

有個禮拜天，他們帶著我到樹林附近的一個小山坡去野餐。在我記憶裡，我窩在他們兩人中間，窩在一處有聲響、有肌膚相親，還有笑聲盈盈不斷之處。在回家的路上，我們遇上了砲彈轟炸，我坐在我爸爸腳踏車前面的橫桿上，她則騎著另一輛腳踏車下山坡，行在我們前面，腰桿筆直，坐墊夾在她兩邊屁股間。我怕炸彈，怕她死了。我覺得在那一刻，我和我爸爸都深深愛上我媽媽。

◇

一九四五年，他們搬離了河谷區，住這地方我一直咳嗽不停，因為霧氣重的緣故我也不太發育，他們搬回伊夫托定居。戰後，日子比戰爭時期還難過。食品配給制繼續實施，而且「靠黑市買賣發橫財的人」又活躍了起來。在等著另外頂一間店的時候，她帶我到市中心街上去散步，被炸毀的市區到處堆滿了瓦礫殘跡，教堂遭祝融，她帶我到設在一處表演廳裡的小會堂去禱告。我爸爸的工作是填平炸彈坑洞，他們那時候住在一處沒電的兩房公寓，可以拆卸的家具都拆了下來，靠著牆放。

三個月後，她振奮多了，是一家帶點鄉間氣息的咖啡坊兼食品雜貨鋪子的老闆娘，咖啡坊開在躲過戰火的城區，遠離市中心。只有一間小小的廚房，樓上，則有一間房，和兩間閣樓房，可以避開客人的目光吃飯、睡覺。不過屋外有個大院子，有幾間小棚子可以堆放木頭、草料和麥稈，店裡一台榨汁機，尤其有越來越多客人付現金。

在咖啡坊看店的同時，我爸爸在他的園子裡栽種、養雞、養兔子，自己釀蘋果酒在店裡賣。當了二十年的工人，他終又能過半個農人的生活。她照顧雜貨鋪子，要訂貨、要記帳，是管錢的老闆娘。他們的環境慢慢的比他們周遭的工人要寬裕，是轉型做生意當老闆、還在旁邊有間低矮房子的成功典範。

剛開始那幾年的夏天，每到假期，利勒邦的老顧客會來看他們，一來就是一家子，坐大客車來。彼此又摟又抱，哭成一團。咖啡坊的桌子一張張併起來，大家吃飯，引吭高歌，回憶戰爭那段時光。到五〇年代初，他們人沒來了。她說，「那都是過去的事，人總得往前走。」

她的幾個畫面，大約在她四十、四十六歲之間：一個冬天的早晨，她竟然敢走進教室裡，跟老師說，她發現我放在洗手間裡忘了帶的一條羊毛圍巾，而且那條圍巾貴得很（很久我都一直記得那個價錢）。

一年夏天，去海邊，她跟她一個小姑子在孚勒—雷—侯斯（Veules-les-Roses）撈蚌殼。她的連身裙，黑條紋淡紫色的那件，挽了起來，在身前糾個結。常常，她們都會去海灘附近用木棚子搭的一間咖啡坊，喝點餐前酒，吃點蛋糕，她們嘻嘻哈哈好開心。

上教堂的時候，她會放開喉嚨大聲唱聖母頌讚歌，有一天我要去見她的面，在天上，在天上。這讓我聽了想哭，我討厭她那樣。

她有幾件顏色鮮豔的連身裙，和一件黑色「細呢料」的套裝，她看《知心密友》[6]和《流行時尚》這些雜誌。她把沾血的月經帶放在頂樓的角落，等到禮拜二洗衣服的時候一起洗。

我要是盯著她看太久，她會神經質起來，「幹嘛，你要把我買回去啊？」禮拜天下午，她都穿著連衫襯衣、套著短襪睡覺。她由著我睡在她旁邊跟她擠。她很快就睡著，我依偎著她的背，翻著書看。

有一次在初領聖餐的餐會時，她喝醉了，還在我旁邊吐。後來，每到節慶日，我都會監視她擱在桌上的手臂，看著她手握杯子，使盡我所有的力氣希望她不要舉起那杯酒。

◇

她變得很壯碩，八十九公斤重。她吃很多，她衣服口袋裡隨時帶著

6 一份雙月刊的女性雜誌。

幾顆糖。為了瘦下來，她背著我爸爸，暗地到盧昂一家藥房買一些藥丸。她麵包、奶油都不吃了，可是只減掉十公斤。

她掃地，會把門弄得砰砰響，把椅子碰碰撞撞的疊到桌子上。做每件事，她都會弄出響聲。她擺東西不是用放的，而像是用丟的。

從她表情，馬上就看得出來她不高興。對家人，她心裡怎麼想，嘴裡就老實不客氣的說粗話。她叫我臭騾子、邋遢鬼、小婊子，或者更簡單，就叫我「那惹人嫌的」。她打我一點也不稀奇，尤其會打我巴掌，有時會搥我肩膀（「要不是我忍住了，我不揍死她才怪！」）。過了五分鐘，她又緊緊摟著我，說我是她的「寶貝心肝」。

她很少買玩具和書給我，除非節日、生病或者是進城去。帶我去看牙醫、看支氣管的專科醫生，她一定會買東西給我，或是一雙好鞋、一件溫暖的衣裳，或是學校老師說應該要買的所有用具（她讓我讀的是私立學校，而非市立的）。譬如，要是我跟她說班上有位女同學有一塊摔不破的墊板，她立刻就會問我，我想不想要一塊一樣的：「我不想讓別人說你比不上人家。」她更深沉的慾望是，供給我所有她以前沒有的。可是這意味著，她得非常賣力工作，得不時為錢傷神，而且還憂心現在的孩子對幸福有全新的想望，和他們以前念書的時候不一樣，這不免要讓她驚呼：「養你很貴耶」，要不就會嚷嚷「你擁有這些東西，居然還覺得不快樂！」

◇

我不把我媽媽的暴躁、她的情感洋溢、她的愛罵人只看做是她個人獨具的性格，而嘗試著將之在她過去的歷史，以及在她的社會階級中找到定位。這種寫作方式，讓我覺得趨近真實，藉著發掘更普遍共通的意涵，幫助我走出個人回憶的孤單與幽暗。可是，我感覺到我自己心裡有抗拒，還是想要保留我媽媽最動人、最溫煦的影像，甚或是泛著淚光的影像，而不將它們冠上意義。

◇

她是一個生意人媽媽，也就是說我們要「靠他們吃飯」的顧客，在她是第一優先。她招呼客人的時候，不准我打擾她（我都得在隔開店面和廚房的那扇門後等，等著跟她要一根繡線、要她讓我出去玩……），如果她聽到我太吵，她會突然拐進來，一句話不說的打我幾巴掌，然後又去招呼客人。我還很小的時候，她就教我招呼客人的一些要訣：用洪亮的聲音說早安、別在客人面前吃東西、別和客人爭、不要說人家壞話——就算有人跟你同一個鼻孔出氣也不能和他同仇敵愾、別信他們跟你說的、他們單獨一個人在店裡的時候得偷偷監視著。她有兩副臉孔，一副是擺給客人看的，在我們面前是另一副。

門上掛鈴響的時候，她就登台演出，笑容盈盈，很有耐心的問候身體怎麼樣呀、那孩子呢、菜園子現在情況都好吧。一回到廚房，笑容就收起，好一會兒不說話，角色扮演讓她累壞了，這個角色摻著歡喜、辛酸，這麼悉心盡力的招呼客人，卻不免要疑心這些客人隨時會棄她而去，「要是他們在別的地方找到更便宜的」。

她是個大家都認識的媽媽，可以說，是屬於公眾的。在學校，我被叫到黑板前，就會有這樣的題目：「要是你媽媽十包咖啡豆賣多少多少錢？」等等之類的。（當然囉，從來不會問另一個同樣是事實的問題，「要是你媽媽三杯餐前酒賣多少多少錢？」）

◇

她時間從來不夠用，沒時間煮飯，沒時間「規規矩矩的」做家事，我要出門上學了才縫我穿在身上衣服的釦子，襯衫要穿了才就著桌子的一角燙。早上五點鐘，她擦地板，把貨物拆封；夏天，開門做生意以前，她先鋤玫瑰花壇裡的雜草。她做起事來很帶勁、很敏捷，做粗重的活兒最讓她覺得自豪，洗厚重的衣物、用鋼刷刷洗房間地板上的汙垢，不過她會邊做邊罵。她每次要休息，坐下來看看書的時候，必然會為自己吼幾句，「我最應該好好坐下來。」（可是，總有客人上門打斷她看長篇連載小說，她把小說藏在一堆等著要縫的衣服下。）她和我爸爸吵架總是為了同一件事，兩人的工作量不均。她不滿的說：「這裡所有的事都是我包辦。」

我爸爸唯一看的是地方報。他拒絕到任何他覺得不是「他的」地方，還拒絕很多其他的東西，他說那些東西不是為他設的。他喜歡花園、多米諾骨牌、撲克牌、在家裡修修弄弄。

他對「說話文雅」這種事不感興趣，他還是照用方言俚語。而我媽媽她極力避免法文犯錯，她不說「我老公」，而說「我先生」。她有時候會在對話中插進一句我們不熟悉的成語，是她從書上讀到或是聽到一些「有教養的人」說過的。她會猶豫、也會臉紅，那是因為怕搞錯了，被我爸爸取笑，拿她那些「偉大的字眼」來作文章。只要她確定自己用語是對的，她就喜歡把那個詞掛在嘴邊，要是相較之下她覺得那種說法滿文雅，就會臉上帶笑，彷彿有意緩和浮現在她嘴角的那種高雅不凡的感覺，像是這樣的句子：「他的心裹上了繃帶！」[7]或者是「我們只不過是過境的鳥……」她喜愛「美的事物」，那些「能穿上身」的，春天百

7 此語出自於法國十九世紀初的文豪夏多布里昂（Chateaubriand），所以會講這樣的話，顯然可以表現高雅不凡。

貨的貨色比新廊百貨來得「時髦俏麗」。當然，對眼科醫生診所裡的地毯、掛畫，她和他一樣印象都很深刻，不過她會掩飾自己的不自在。她常說一句話：「我給自己壯壯膽。」（去做這件或那件事）要是我爸爸注意到她有新裝扮，出門前精心化妝，她總會理直氣壯的回他一句：「當然要顧一下體面！」

◇

她很想學習，舉凡：社交禮儀（很擔心有所遺漏，一直不太確定某些慣例是否就如此），正在發生的事，新產品，大作家的名字，正在電影院放映的片子（可是她不上電影院，因為沒時間），花園裡花卉的名稱。有人一談到她所不知道的事，她都很仔細聽，一方面是好奇，一方面也是想要表現出她對知識無所不納。提升自己，對她來說，首要就是學習（她說，「得充實自己的內在」），而且任何東西都比不上知識美好。書本是她唯一小心使用的物品。她拿書以前會先洗手。

她透過我繼續追尋她學習的慾望。晚上，在桌前，她要我跟她講學校的事，說說教了些什麼，說說老師怎麼樣。她很喜歡跟著我用學生用語，「午休」、「社科」或者是「健教」。當她「亂用字眼」的時候，我「糾正」她，她覺得很正常。她不會再問我想不想要「吃小吃」，而會說「品嘗點心」。她帶我到盧昂去看歷史古蹟，參觀博物館，到維爾奇埃（Villequier）參觀詩人雨果親族的墓。總是一副非常欽佩的樣子。她讀我讀的書，那些由書店推薦的。可是偶爾也翻翻客人忘了帶走的《刺蝟》週刊[8]，她笑著說：「這很無聊，可是大家都還是會看！」（她跟我到博物館去的時候，讓她心裡滿足的可能不是觀賞那些埃及古瓶，而是

8　一九三六年底創刊的一份週刊，以幽默諷刺的方式報導時事。

很驕傲能夠督促我去接觸知識學問和風雅的嗜好，她知道這樣才會是個有教養的人。大教堂裡的逝者臥像，還有狄更斯和都德，有一天，這兩位作者取代了《知心密友》，想必，這是為了我的緣故，而不是因為她自己愛看。）

我認為她比我爸爸高一等，因為我覺得她比他更接近於老師、教授。她整個人都是，她的強勢作風、她的渴望以及她的抱負，取向近似學校。挑選讀物，我朗誦詩句給她聽，盧昂茶廳裡的精緻糕點，這些事情我們之間有默契，而他是被排除在外的。他帶我去市集，去馬戲團，去看費南德爾的電影[9]，他教我騎腳踏車，教我認識園子裡的蔬菜。跟他在一起，我得到娛樂，而跟她在一起，我有「知性的對話」。他們兩個人，她是作主的那一方，是律法。

她快五十歲的時候，顯得比較暴躁。一樣還是那麼有活力，健壯，也很大氣，滿頭金色、淺棕色的頭髮，可是當她不必勉強在客人面前裝笑臉時，臉色經常板起來。常藉著細故，或者是講一些無濟於事的風涼話，來發洩她的脾氣，以消解她對生活處境的不滿（重建的市中心蓋了好幾家新型購物商場，威脅到了社區的小商家的生存），她也和她兄弟姊妹鬧翻了。我外祖母去世以後，她服喪很長一段時間，而且養成了在平時的工作天一大清早去望彌撒的習慣。她本來有的某種「浪漫」情懷，消逝不見。

一九五二年。她四十六歲那年的夏天。我們坐車到埃特塔[10]度了一天

9 Fernandel，法國二十世紀中期的著名演員。

10 Etretat，海濱—塞納省的一個小鎮。

假。她越過草地爬到了懸崖上，身穿那件有大朵花花樣的藍色縐紗連身裙，這件連身裙是她在一顆岩石後面脫下喪服換上的，她出門時原來穿的是喪服，穿給鄰居看。她跟在我後面，氣喘咻咻的爬上崖頂，撲了粉的臉上被汗水濡得發亮。兩個月以前她就已經沒月經。

青少女時期，我不再依附她，我們兩人之間僅有的是爭執。

她年輕時候的那個世界，甚至連女孩子的自由這種觀念都沒有，要不就會說那是墮落。談到性，都說那是放蕩行為，不准「小妮子」去沾惹，要不就以一般社會的評價，議論這樣是品德好，那樣是品德不良。她從來不跟我提這個，我也不敢問她這究竟是怎麼一回事，對性的好奇被看做是罪惡的起始。那日子到的時候，我很焦慮，要去跟她說我月經來了，在她面前第一次說出這個字，她也紅著臉遞給我一片衛生棉，沒跟我解釋怎麼用。

她不喜歡見到我長大。當她看著我脫下衣服，我的身體似乎讓她很厭惡。想必，有了胸部、臀部，是個警訊，意味著我會去招引男孩，不再把功課放心上。她想要讓我停留在兒童時期，還差一個禮拜十四歲，她仍說我十三歲，讓我穿百褶裙、短襪和平底鞋。到我十八歲，我們兩人吵架幾乎都是為了她不准我出門，出門該穿什麼衣服（例如，她老是想要我外出時穿束腹，「你穿起衣服會比較好看」）。表面上，她會為這樣的事大發雷霆：「你總不會就這樣子出去吧」（就穿這樣的衣服、梳這樣的髮型，等等的），而我自己倒是覺得打扮很正常。我們兩人彼此明白對方心裡想什麼：她，看穿我想要討男孩子的歡心，而我，知道她窮操心「我會遭殃」，也就是隨便和人上床，懷了身孕。

偶爾，我會想像就算她死了，對我也不會有什麼差別。

◇

下筆時，我腦海裡浮現的有時是「好」媽媽，有時是「壞」媽媽。這種忽左忽右的擺盪，源自遙遠的童年，為了避開這兩極的傾向，我在描繪並解釋時，就用一種那說的好像是另外一個媽媽，和另外一個不是我的女兒。因此，我盡可能以最中性的筆調來寫作，只是這樣一來，有些句子（「要是你遭了殃！」）似乎就不是衝著我而說，似乎那說的是別人，抽象的其他人（例如「拒絕身體和性」）。在回想往事的這一刻，我和我十六歲的時候一樣，心裡很是氣餒，而在這一剎那間，我把我生命中最重要的這個女人，和非洲母親的影像混淆在一起，非洲的媽媽是，當穩婆替她們女兒割除陰蒂時，她會幫著把自己女兒的雙手反架在背後。

她不再是我仿效的典範。我變得非常在意《時尚風韻》裡的女性形象，所以和學校裡中產階級的同學她們的媽媽很親近：她們體態纖瘦、含蓄客氣、會做菜，而且會叫她們的女兒「小親親」。我覺得我媽媽太大剌剌。她把酒瓶夾在兩腿中間用力拔瓶塞，我會把眼睛轉開。她言談粗魯、舉止不雅，讓我覺得去臉，更讓我生氣的是我覺得自己很像她。我要搬遷到不同的階層去，想掩藏和她相像的那一部分，我遷怒她，跟她鬧彆扭。而且我意識到，有心進修提升，和實際上達到的水準，兩者之間有個大鴻溝。我媽媽需要查字典，才曉得梵谷是什麼人，許多大作家，她只認識名字。她完全不清楚我是怎麼求學問的。我太佩服她了，所以怨不得她不能陪我，讓我無奧援的在學校、在和朋友待在圖書室的世界裡，而她讓我背負的行囊，裡頭裝的只是她的焦慮不安和猜疑，「你跟誰在一起，你總有做點功課吧」。

不管在什麼情況下，我們兩個人跟對方講話的口吻都像是在吵架。我用沉默來抗拒她想要維持傳統母女休戚與共的關係（「什麼都可以跟媽媽說」），這種關係再也不可能：要是我跟她說，我很想從事一些活動，而這些活動和學業沒有直接關係（旅行、運動、家庭舞會），或者是跟她談到政治（當時正值阿爾及利亞戰爭），她起先會很樂意聽，很高興我拿她當知心，一瞬間，卻又突然兇起來，說：「別滿腦子這些東西，學校的功課要擺第一。」

我開始對社會上的一些陋習嗤之以鼻，鄙夷宗教教條，輕視金錢。我抄錄韓波、培韋爾的詩[11]，把詹姆士．狄恩的照片貼在筆記本封面，我聽布拉桑的歌曲〈壞名聲〉（La mauvaise reputation）[12]，我覺得惆悵迷惘。我把我父母親當作是中產階級一樣，以浪漫的情懷，過我青春期叛逆的日子。我認同那些不被世人所了解的藝術家。對我媽媽來說，叛逆只有一個含意，拒絕貧窮，而且只有一種形式，工作，賺錢，過得跟別人一樣好。她怒斥：「要是你十二歲的時候就送你去工廠做工，你就不會現在這副樣子。你不知道你有多幸福。」一如她不理解我的態度一樣，我也不理解她這種說法。還有，常常，她會很生氣的對我這麼表示：「你上私立學校，可是這不表示你比別人更尊貴。」

有些時候，她面前的這個女兒，在她，是個階級的敵人。

我一心只想離開家。她答應我到盧昂讀高中，後來還讓我去了倫敦。總願意自己什麼都犧牲，好給我個比她更好的人生，包括做最大的犧牲，讓我離開她身邊。她遠遠的管不到我以後，我放縱自己到了極點，她不准我做的都被拋腦後，然後我用食物把自己填得飽飽的，然後我又接連

11 Jacques Prevert，二十世紀中晚期著名法國詩人、電影劇作家。
12 Georges Brassens，法國二十世紀中晚期獨具一格的詞曲創作者、歌者。

幾個禮拜不吃飯，弄得自己頭昏眼花，那時根本還不懂什麼叫自由。我遺忘了我們之間的爭執。做為一個文學院的學生，我美化了她的形象，不嚷嚷，也不性子烈。我確信她是愛我的，也明白這很不公平：她招呼客人，端馬鈴薯，倒牛奶，從早忙到晚，好讓我坐在大講堂裡聽教授講柏拉圖。

我很高興又見到她，我卻不想念她。我會回到她身邊，尤其是我為了感情問題而情緒低落，但我不打算跟她傾訴，雖然，現在，她會跟我咬耳朵說那些熟客的八卦，或是提到某個女人流產了：好像我的年紀已經可以聽這些事，但它卻不會發生在我身上。

我回到家的時候，她人正在櫃臺後面。客人都會回過頭來看。她臉微微紅了，帶著笑。最後一位客人離開以後，我們進到廚房，才彼此親親臉頰，問問一路上還好吧，問問課業，以及「把你的衣服拿來我洗」，「你上次回去以後，我報紙都幫你留著了」。我們兩個人，客客氣氣的，是兩個不在一起過日子的人害羞情怯的模樣。有許多年，我跟她在一起的時間，只在我偶爾回家的時候。

我爸爸的胃動了手術。他很容易疲倦，再也沒力氣搬箱子。她擔起一切責任，一肩挑起兩人的工作，沒有怨言，可以說是甘心樂意。自從我不在家，他們就比較少吵架，她靠到他身邊，常常深情的叫他「爸爸」，對他的一些習慣更包容，像是抽菸，「總得讓他有點小小的享受」。夏天的禮拜天，他們坐車到鄉下去走走，要不就去看看親戚。冬天，她去做晚禱，也順道跟幾位老人家問問安。她回家時會經過市中心，就站在商店的長廊下，耽擱點時間看電視，一些剛看完電影的年輕人也在那地方聚集。

客人都還會說她是個美麗的女人。始終染頭髮，穿高跟鞋，可是下巴有鬍髭，她總會偷偷燒炙掉它，戴的眼鏡鏡片上有遠近兩種焦點。(就這幾點，讓我爸爸心裡竊喜，看著比他小幾歲的媽媽，衰老的速度趕上他。)她不再穿顏色鮮豔的輕薄衣裳，只穿灰色或黑色的套裝，夏天時也一樣。為了更輕便，她的襯衫不塞進裙子裡。

我到了二十歲，都還是這麼想，是我讓她變老的。

旁人不知道我在寫她。不過我不是在寫她，感覺反而比較像是和她一起生活在她還活著的某段時間裡、某些空間中。有幾次，在家裡，我不期然的看到她私人的物品，前天，看到她的頂針，是她套在她彎扭的指頭上，那指頭是在纜繩工廠時被機器弄彎的。這一刻，她的死完全占據了我，我又落回真實的時光，她永遠不在了的真實時光。在這種情況，這一本書「脫稿」再也沒意義，除非它意味著我媽媽的的確確去世了。想要罵那些笑著問我這個問題的人：「你下一本書什麼時候出版？」

◇

在我還沒結婚以前，還算是屬於她的時候，就已經遠遠離開她身邊過我自己的生活。親戚、客人都會向她問起我，她總回答：「她還不急著結婚呢。以她這年紀，她還沒昏頭。」然後立刻又嚷著說：「我可不想留她。人吶總該有個先生、有孩子。」一年夏天，我跟她說，我打算和一個在波爾多念政治學的學生結婚，她顫抖起來，而且紅了臉，試圖攔阻這件事，鄉下女人的那種防備心理隨之而起，而本來這樣子的鄉下女人是她覺得落伍的：「他又不是我們這地方的人。」然後，人平靜了下來，甚至覺得高興。在小鎮裡，婚姻是衡量一個人、定位一個人的主要標準，沒有人會說我「嫁了個做工的」。我們之間有一種全新的親密關係，兩人一起籌算有湯匙、大小深淺的平底鍋該要買，為「大日子」做準備，後來兩人的重心又都放在孩子身上。我們之間再沒別的共通處。

我先生和我，我們的教育程度相當，我們一起討論沙特，以及自由的問題，我們去看安東尼奧尼的《歷險》（L'Avventura），我們的政治理念同屬左派，但我們不是同一個世界的人。在他的世界裡，不是真的那麼富有，可是照樣上大學，對一切事情都能清楚的表達意見，還會玩橋牌。我先生的媽媽，和我媽媽年紀一樣大，身材依然苗條，容光煥發，雙手保養得很好。隨便一段鋼琴音樂，她都能分辨是哪首曲子，而且懂得「待客之道」（是那種我們會在電視裡看到的，住在林蔭大道旁的房子裡，五十來歲的女士，穿著絲質襯衫配戴一串珍珠項鍊，「純真可人」）。

對於這樣一個世界，我媽媽心裡迴盪著幾種不同的情緒，一方面是讚賞，高等教育、優雅風度、文化修養讓她心有戚戚焉，很驕傲看她自己女兒屬於這個世界的一部分，一方面又是害怕被鄙夷，因為這些精緻文雅的事物對她是陌生的。她這種卑微的感覺，我也被納入其中（說不定還得一個世代才能抹除這想法），這從她跟我說的一句話裡就表現了出來，在我婚禮前一晚，她說：「得好好把家庭料理好，可別讓他把你休了。」而且在幾年前，她提到我婆婆，會說：「看得出來，她的教養跟我們這種人不一樣。」

因為擔心人家愛的不是她這個人，所以她希望以她的付出來讓人家愛她。我們求學的最後幾年，她希望能在經濟上支援我們，後來她很掛意，我們要擁有哪些東西才會覺得開心。別的家庭有幽默，有新奇的作風，這樣的家庭從不覺得需要提供子女什麼援助。

◇

我們先是住在波爾多，然後搬到安希，我先生在那裡的行政機構有個職位。我在四十公里外山上的一所中學教書，還要帶一個孩子，還要忙廚房的事，在這三者之間操勞，輪到我自己成了時間不夠用的女人。我很少想起我媽媽，她和我婚前的日子一樣遙遠。她每十五天寫一封信來，我都只簡短的回，她的信一開頭總寫著「我最親愛的孩子們」，而且她一直覺得很抱歉，住得離我們太遠，沒法幫我們什麼忙。我一年回去看她一次，在夏天的時候回去跟她住幾天。我把安希的情況講給她聽，我們住公寓，當地有幾個滑雪場。她和我爸爸都表示，「你過得好，才是重點。」我們兩個人獨處的時候，她似乎希望我跟她說些貼心話，說說我先生，以及我們夫妻之間的關係，她很失望，因為我緘默，因為我沒回答這個她最困擾的問題，「至少他讓你過得快樂吧？」

一九六七年，我爸爸發病四天後，死於心肌梗塞。我無法再次述說這個時刻，因為我已經在另外一本書裡說過了，也就是說以後再不會有其他方式的記敘，以其他的字詞，以其他的文句。要再說的只有我又看見我媽媽在我爸爸死後幫他洗臉，幫他穿上乾淨的襯衫，他禮拜天穿的那件，把他雙手套進袖子裡。同時，她以溫柔的話語撫慰他，把他當小孩一樣替他淨身，哄他入眠。看著她簡單、俐落的動作，我心裡想她早就意識到他會比她先去世。第一天晚上，她還是睡在床上躺在他身邊。葬儀社的人還沒帶走他以前，她一安頓好客人就抽空上樓去看他，在他生病的那四天也是如此。

我爸爸下葬以後，她顯得疲倦、憂傷，向我坦承：「沒他作伴，日子真的很痛苦。」她還是像以前一樣看店做生意。（我剛剛在報紙上看到，「絕望是一種奢華」。自從我媽媽去世以後，我有時間、有餘裕來寫這本書，無疑也是一種奢華。）

她更常去看她的親人，在店裡和年輕婦人一聊就聊上幾個小時，咖啡坊更晚打烊，有越來越多的年輕客人成了常客。她吃很多，人又變得很健壯，說話像連珠砲，似乎有意像年輕女孩一樣放任自己，很自豪的告訴我有兩個鰥夫對她有意思。六八年五月[13]，她在電話裡說：「這裡也響應了，也有響應了！」接下來，同年的夏天，局勢又回復到原來的軌道上。（後來，左派人士在巴黎劫掠「阜雄高級食品鋪」[14]，讓她很憤怒，彷彿那家食品鋪是她的，只是規模比較大。）

在信裡，她說她哪兒來那個閒工夫覺得無聊。可是她其實只有一個心願，和我住一起。一天，她很不好意思的開了這個口，「要是我去你家住，我可以幫你料理家務。」

在安希，我一想起她，心裡就有罪惡感。我們家是一棟「中產階級的大房子」，我們有了第二個孩子：她沒「占到任何便宜」。我想像，她帶著兩個孫子住在她所喜歡的舒適環境裡，我覺得這是她喜歡的，因為她以前就希望我能過這樣的生活。一九七〇年，她把那間很難找到買主的店賣了，只把它當一間普通房子賣，她搬到我們家來。

那時是一月某日，天氣清爽。她下午抵達，搬家的卡車也一起到了，那時候我人在學校。回到家，看見她在花園，手裡抱著一歲大的小孫子，監督工人搬運家具，以及她僅剩的幾箱罐頭。她頭髮都白了，臉上帶著

13 六八年五月，指一九六八年五月由學生發起的抗議活動，又稱「五月風暴」，要求總統戴高樂下台，這次的抗議活動，從校園擴散到法國各地的工廠，最後釀成了一場嚴重的社會危機。

14 位於巴黎第八區，是一家高級奢華的食品鋪，供應上等香料、外國水果、茶葉、咖啡、糕點、豬肉食品等。貨品的價格昂貴。

笑，精神煥發。遠遠的，她就喚著我：「不是你回來晚了！」那一瞬間，我沮喪的對自己說，「現在我永遠得在她面前過活」。

剛開始，她沒有原來所想的那麼開心。就在旦夕之間，她生意人的生涯劃下句點，擔心生意做垮、勞累，這些事都不需再煩惱；不過，也沒有了來來往往的客人，沒能再和客人對話聊天，再不能很得意「自己賺錢自己花」。她現在只是「外婆」，城裡沒人認識她，她說話的對象只有我們。驀然之間，整個世界變得暮氣沉沉，而且狹小難伸，她覺得自己什麼都不是。

還有：住在孩子家，是參與另一種生活方式，這種生活方式讓她覺得與有榮焉（能對親人說：「他們家很有品味！」）。但這也意味著不能把抹布掛在門口的暖氣爐上烘，「小心別碰到那些東西」（唱片、水晶花瓶），以及一些「衛生」方面的問題（別用她的手帕幫孩子擤鼻涕）。而且她發現，她覺得重要的事我們卻一點也不在意，社會新聞，犯罪新聞，意外新聞，和鄰居維持良好關係，還得老是擔心「干擾」到別人（甚至連笑都得擔心太大聲，這讓她非常不能適應）。她是活在這樣一個世界裡，一方面接待她，另一方面卻又排擠她。一天，她很火大：「住在圖畫裡，我日子過得不痛快。」

所以，電話在她身邊響她不接，女婿在客廳看球賽她進客廳故意要敲門，一再一再的表示要我給她事做，「要是不讓我做點什麼，我只好搬走，」話說到一半她就笑了起來，「我住這兒總得負擔一點！」我們兩個人總會為這種事爭吵，我怪她故意把自己弄那麼卑微。我花了很長的時間才了解，我媽媽在我家裡覺得很拘束，而那曾經也是我的感受，在青少年時期，去「比我們家環境好的同學家」也曾是這樣的心情（好像只有「卑微的人」要忍受尊卑差異的痛苦，其他人卻覺得那沒什麼大不了）。在她假想自己是個佣人之時，她出於本能的做了一層轉化，把她讀「世界報」、聽巴哈的孩子，這種真實的、文化上的優勢，轉化為老闆之於工人這種經濟上的優勢，而這種所謂的優勢，其實只是她自己想像出來的：這是她的叛逆方式。

她終究適應了環境，可以把她的精力和熱情傾洩在照顧她兩個孫子，以及操持一部分家務上。她想要讓我擺脫一切世俗事物的羈絆，讓我自己做飯、我自己去買菜、我讓洗衣機運轉——她怕用洗衣機——她心裡很過意不去：一心希望她能獨占她唯一受認可的領域，在這領域裡她知道自己是個有用的人。就像以前，她是個家事絕不讓別人插手的媽媽，看我動手做事，她也是這樣趕我，「別弄了，你去做你自己的事。」（也就是說，我十歲的時候，該讀書，而現在該備課，做些知識分子做的事。）

再一次，我們兩人講話又用那種特有的語氣，彼此都有滿腔的怒氣和怨言，常常使人誤以為我們在吵架，而且我發現，不論說的是哪種語言，在母親和女兒之間，都有這種情況。

她很疼她兩個孫子，對他們無微不至。下午，她推著嬰兒車，帶小孫子城裡四處去遊歷。她每所教堂都進去，一到市集就待上幾個小時，在老社區裡瞎逛，直到晚上才回家。夏天時候，她帶著兩個孩子到老安希丘嶺上玩，帶他們到湖邊去，滿足他們對糖果、對冰淇淋、對旋轉木馬的慾望。在公園的椅凳上，她認識了一些人，後來和這些人還經常有來往，她和街市上的麵包店老闆娘話家常，她創造了她自己的世界。

而且她看「世界報」和「新觀察家」，她到朋友家去「喝個茶」（還笑著說，「我不喜歡這樣，不過我也沒說什麼！」），她對古董有興趣（「這種東西應該比較有價值」）。她再也不會不小心冒出一句髒話，她盡量「放輕手腳」的使用器具，簡單說，她「當心多了」，她也氣自己脾氣暴躁。甚至，她為自己感到驕傲，到了晚年終於有這個本事，把

「家務」料理得有條不紊，而這是她那一輩的中產階級婦女從年輕時候就一再被教育的本事。

她現在只穿淺色衣服，不再穿黑色。

在一九七一年九月的一張相片裡，她滿頭銀亮的髮絲襯得她神采煥發，穿著哈迪耶牌的阿拉伯式圖案印花襯衫，身材顯得更苗條。她雙手擱在坐在她面前的兩個小孫子肩膀上。這雙彎折著指頭、大大的手，正是她新嫁娘的相片裡的那雙手。

七〇年代中期，她跟著我們搬到大巴黎區去，在一個到處是建築物的新興城市定居，我先生在那地方接任一個更高的職位。我們住在一個新社區的一棟大樓裡，社區周遭是一片平野。商店和學校在兩公里外。

只有晚上才見得到居民。週末的時候，他們會出來洗車，在車庫裡安裝置物架。這是個呆滯無神的漂泊之地，讓人感覺浮動，無情無感，無思無想。

她住這地方不習慣。下午時分，她在玫瑰街、黃水仙街、矢車菊街散步，空蕩無人。她寫好多信給她在安希的朋友、給她的親人。有幾次，她跨越公路，直探Leclerc市中心，而這條公路車道坑坑疤疤，汽車經過時會濺得她一身髒兮兮。她回到家，臉色緊繃。要去買雙襪子、去望彌撒、去做頭髮，為這一點小事就得依賴我和我的車子，這讓她很受不了。她變得很容易發脾氣，不滿這個不滿那個，「我不能整天待在家裡看書！」家裡買了一台洗碗機，讓她少一件事情做，幾乎讓她覺得受到侮辱，「那現在我還能幹嘛？」在這社區裡，只有一個女人可以和她說話，一位安地列斯人，是個上班族。

在這兒住了六個月以後，她決定再搬回伊夫托。她搬進一個專門給老年人住的平房去，自己住一間套房，就在靠近市中心的地方。很高興又能獨立過日子，能和她僅存的一個妹妹見面——其他的已經去世——還有老顧客，以及成了家的姪女甥女，他們會邀她一起去參加節慶，去領聖體。她到市立圖書館借書，十月時，和教友到盧爾德去朝聖。可是，漸漸的，沒有事做的日子總免不了千篇一律，鄰居都是些老年人讓她覺得很厭煩（她悍然拒絕參加「長青俱樂部」的活動），而且，肯定的，她私底下有個慾望沒有得到滿足：在她住了五十年的這個小鎮裡，沒有人親眼目睹她女兒和女婿的成就，而她只在意這裡的人能見識到這一點。

那間套房是她自己的最後一個家。屋子裡有點陰暗，角落有個小廚

房，廚房窗口朝著小花園，屋子最裡頭擺了一張床和床頭櫃，有間浴室，有電話分機和住戶管理員連線。這個空間讓行動很受拘束，不過在這裡也沒什麼事好做，只能坐著，看看電視，等著吃晚飯。每次，我去看她，她會四下看看，不斷的說：「要是我抱怨，我就會很討人厭。」她讓我覺得她來這地方還嫌太年輕。

我們面對面吃飯。剛開始，我們還有很多話交談，健康狀況，孩子的學校成績，新開張的商店，放長假，我們彼此搶著話說，但很快的，只剩沉默。她的習慣，她總會試著重拾話題，「該怎麼說呢……」一次，我心裡想，「這間套房是從我出生以後，我唯一沒有和她一起住過的地方」。我要走的時候，她掏出了一份官方文件，要我解釋給她聽，她常常四處幫我留意有關美容、清潔的一些資訊。

與其去看她，我比較喜歡讓她到我家裡來：安排她來住十五天，和我們一起生活，對我來說比較容易，比起去她那裡三個小時，沒事可做的好。一接到邀請，她立刻動身。我們已經不住在那個新社區，後來搬到了新市鎮周邊的一個古老小鎮。這地方她很喜歡。她出現在車站月台上，常常穿的是她那件紅色套裝，提著她那口皮箱，總是不讓我幫她提。才到家，她就到花壇除草。夏天時，她跟我們到尼耶孚[15]住了一個月，她常自己一個人走到森林小徑去，採了幾公斤的桑椹回來，兩隻腳上畫滿了刮痕。她從來不說：我老了不中用，這個那個不能做；跟我兩個兒子去釣魚，到特隆（Trone）的市集去，很晚才上床睡，等等的。

七九年十二月的一個晚上，大約六點半的時候，她在十五號國道上被一輛闖紅燈、搶越人行道的CX車子撞倒，而她當時正走在人行道上。（地方報紙的標題，下了這樣的結論，說汽車駕駛運氣不好，「由於最

近的一場雨，導致視線不良」，以及「對面車道的來車車燈刺眼，再加上種種原因，以至於駕駛人沒看到那位七十歲的老太太」。）她一隻腿受了傷，顱骨也受到創傷。她有一個禮拜的時間陷入昏迷。外科醫生認為她體格強壯應該可以熬得過來。她掙扎著，想要拔掉點滴注射器，想要抬起上了石膏的腿。她呼喚著她金頭髮的妹妹，要她小心點，車子直衝著她來，而這個妹妹在二十年前就過世了。我看著她裸露的肩膀，我第一次見到她的身體鬆垮下來，在病痛中煎熬。我彷彿覺得我面對的是，當年那個在戰時一個夜晚難產生下我的少婦。在驚愕之中，我清楚的認知到她會死去。

她復原了，能像以往一樣走路，沒有異狀。她想要打贏控告 CX 汽車駕駛人的那場官司，以非常果決、不饒人的態度，提出了許多驗傷單，

15 Nievre，法國中部城市，在勃根地境內。

要駕駛無從推卸責任。有人跟她說，她運氣真不錯，這件事有個好收場。她很得意，好像車子撞到她，對她是一項難關，一項依她的習慣她終能戰勝的難關。

她變了。她開飯的時間越來越早，早上十一點，晚上六點半。她只看「法蘭西報—周日版」，還有一位年輕婦人借她看的照片羅曼史小說[16]，這婦人是她的老客人（我去看她的時候，她把畫報藏在櫥櫃裡）。

她一早就開電視——這個時間節目都還沒開始，只有音樂，和螢幕上的色相光譜掃瞄——電視一開一整天，根本不太看，晚上則在電視機前睡覺。她很容易神經質，總不停的說，「那讓我倒胃口」，也不過就為了一些小小的麻煩事，一件難燙的罩衫，漲了十生丁的麵包。她也容易恐慌，光是收到一張退休金的對帳單，一張記錄著她有這筆那筆收入的通知單，她就著急：「我又沒有要怎樣！」

當她提到安希，想起和孩子們在老社區裡散步，湖上有天鵝游水，她就想掉眼淚。在她信裡總會漏幾個字，信寫得更少，也更短。在她屋子裡，有股味道。

她也發生一些驚險的事。她在月台上等一班已經開走了的火車。去買東西的時候，她發現所有的商店都關門了。她的鑰匙老是不見。拉．荷杜郵購公司（La Redoute）寄給她一些她沒有訂購的物品。她對伊夫托的親人越來越不客氣，指控他們那些人覬覦她的錢，不願意和他們再往來。一天，我打電話給她，她惱怒的說：「住這窯子我已經受夠了。」一好像她咬牙硬撐著某些無法形容的潛在危險。

八三年七月，天氣炙熱，甚至連諾曼第也一樣。她不喝水，肚子也不餓，相信吃藥就能吃飽。她在太陽下昏倒，我們送她到療養院的醫療站去。幾天後，進了食，補充了水分，人就舒坦多了，她說她要回家，「不

16 le roman-photo，通俗的羅曼史小說，故事內容會佐以一張張連環照片來呈現。

然，我就從窗子跳出去！」她這麼說。醫生表示，以後再也不能讓她一個人獨居。他建議把她安置在養老院。我沒採納這個意見。

九月初，我開車去療養院接她，要接她回家永遠住下來。那時我已經和我先生分居，和我兩個兒子住在一起。一路上，我心裡只想著一件事，「從現在起，我要來照顧她」（就像以前，「等我長大，我要和她一起去旅行，我們要到倫敦去」，諸如此類）。天氣非常好。她很安詳的坐在車子前座，手提袋擱在她膝頭。我們一如往常談著孩子，談他們的功課，談我的工作。她則很高興講著和她同寢室的那幾個室友的事，講到其中某個人的時候，突然冒出一句奇怪的話：「不要臉的女人，我應該給她兩巴掌。」這是我印象中我媽媽最後一個快樂的形影。

她的故事，她在這個世界占有一席的故事，結束了。她神智不清。這稱為阿茲海默症，是醫生為某種老年癡呆症所定的名稱。這幾天，我越寫越不順，說不定是因為我不想寫這個階段的事。然而，要是我不藉由寫作，把她失智這時候的樣子，連結到她曾經是那樣一個健壯、光彩煥發的女人，我知道我沒辦法過日子。

在家裡她會迷路，一間間的房間讓她昏頭，她常會很生氣的問我，要回她房間該怎麼走。她老是忘記東西放哪裡（這時候她最常說的一句話：「我就是找不到。」），在她認為絕對不可能的地方，總會很不解的找到她要的東西，而這又是她自己之前放的。她要求要縫衣服，要燙衣服，要挑揀菜葉，可是每件事情立刻就會激怒她。她時時刻刻都過得很煩躁，看電視，吃飯，到花園去走走，一個慾望接另一個慾望而起，沒一件事讓她滿意。

下午時分，她一如往常的坐在客廳的桌前，手邊擱著她的通訊錄和信紙。經過了一個小時以後，她撕了幾封她寫了一半的信，信沒辦法寫完。十一月時，寫的一封信，「親愛的寶莉，我走不出我的黑夜」。

然後，她忘了事情的次序，不知道事情該怎麼做。再也不知道要怎麼把杯子、盤子放在桌上，怎麼關掉房間的燈（她爬到椅子上，想要把燈泡扭下來）。

她穿舊裙子，以及補過的襪子，這些都是她不願意丟掉的：「是啊你有錢啊你，什麼都拿去丟。」她再也沒有別的情緒，只有憤怒和猜疑。每句話，她都覺得在威脅她。一些等不及的需要一直讓她很受折磨，要買髮膠把頭髮定型，要知道醫生哪一天來，要知道她存款簿裡還有多少錢。可是，有時候，又故意裝得很活潑，無緣無故的淺笑，好證明她沒生病。

她也讀不懂她在看的書報了。她從這個房間晃到那個房間，老是在找東找西。她把整個櫃子翻出來，把她的衣服、她的紀念品攤在床上，再把這些一樣樣換個位置放，第二天再重來一次，好像她還沒想到該怎麼擺最理想。一月時，一個禮拜六的下午，她把她大部分的衣服分別裝在幾只塑膠袋裡，再用線把袋口縫起來，封死。她不收拾東西的時候，就坐在客廳的一把椅子上，叉著兩隻手臂，看著正前方。什麼事都沒辦法讓她高興起來。

她把人名都忘了。她用一種社交的禮貌性口吻稱呼我「太太」。她兩個孫子的臉她也認不得。在餐桌上，她問他們在這裡薪水好不好，她以為他們和她一樣，是在一處農莊裡，都是這裡的雇工。可是她「清楚自己做了什麼」，尿尿弄髒了床單，讓她覺得丟臉，把床單藏在她枕頭後面，一天早上，她躺在床上，壓低了嗓子說，「它自己就尿了出來」。她試著要攀住這個世界，她使盡全力把圍巾、手帕，一件搭著一件的縫在一起，針法歪歪扭扭。她非常依戀某些物品，她那包盥洗用具，走到哪兒就帶到哪兒，一找不到這包東西，就發狂起來，淚眼汪汪。

在這段期間，我開車撞了兩次，出事錯在我。我有吞嚥上的困難，胃會痛。動不動，我就大嚷大叫，就想哭。可是，有幾次，我和我兒子瘋狂大笑，我們假裝把我媽媽的失智當作是她自願的裝瘋賣傻。我跟不認識她的人談起她。他們默默無語的看著我，讓我覺得我自己也瘋了。一天，我漫無目的的在鄉間小路連著開車開了幾個小時，一直到晚上才回家。我和一個讓我反感的男人斷絕了往來。

我不願意她變成小女孩，她沒有這個「權利」。

她開始和只有她自己看得見的對象說話。第一次發生這種情況的時

候，我正在改作業。我塞住我的耳朵。心裡想，「完蛋了」。之後，我在一張紙片上寫著，「媽媽在自言自語」。（我現在也寫著同樣這幾個字，可是這和當時我只為我自己而寫的字不同，當時是為了承受，而現在是為了讓人理解。）

早上，她不想起床。她只吃乳製品，以及甜食，別的東西都會吐出來。二月底，醫生決定把她送到彭多茲的醫院去，那邊的醫院會以胃腸病為由收這個病人。幾天後，她的健康狀況有改善。她想要從醫院逃跑，幾個護士把她縛在推椅上。第一次，我幫她洗假牙，幫她清指甲，幫她抹面霜。

兩個禮拜後，她被送到老年醫學中心去。那是一棟三層樓的現代建築，面積不大，就位於醫院後方，一片樹林中間。老年人，大部分是老太太，他們的病房是這麼分配的：第一層樓，只收住院有一定期限的病人，在第二和第三層樓，所收留的病人可以待到老死。第三層樓收容的比較是殘障人士，和精神耗弱的病人。

病房，有雙人房或單人房，明亮、乾淨，牆上貼著碎花壁紙，掛著幾幅版畫，一只壁鐘，幾把人造皮革的椅子，一間有衛浴設備的盥洗室。要等一個長期的床位，有時候得等很長一段時間，例如，冬天時，過世的人不多。我媽媽先住進第一層樓。

她滔滔不絕的說著話，描述著她以為她昨天看到的幾個畫面，有人持槍搶劫，有個孩子溺水。她跟我說，她剛剛才去買東西回來，商店裡擠得滿滿都是人。恐懼和怨恨的情緒一回來，她就充滿憤怒，認為她像個黑奴一樣為那些不付她錢的老闆工作，有幾個男人追求她。她一肚子氣的招待我，「最近我身上沒半毛錢，連買塊乳酪的子兒都沒有。」她口袋裡還裝著吃飯的時候拿的幾塊麵包。

就算是這樣，她還是一身傲骨。宗教在她身上消失了，再也沒想到要去望彌撒，握著她的念珠。她想要好起來（「他們一定會找到病因，知道我是怎麼了」），她想要離開這個地方（「跟你在一起，我會比較健康」）。她從這個走道走到另一個走道，一直走到筋疲力竭。她說要喝酒。

四月的一個下午，她已經睡了，六點半的時候，躺在床單上，穿著連身裙；兩隻腿抬得高高的，露出了陰部。房間裡很熱。我哭了起來，因為這是我媽媽，是我童年時候同樣的那個女人。她的胸部整個都是細細小小的藍色血管。

◇

在老年醫學中心，她八個禮拜的住院期限已經到了。另一間私立的養老院收留了她，但也只能住短期，因為他們不收留「不能自理的人」。五月底，她又回到彭多茲的老年醫學中心。三樓，空出了一個床位。

最後一次，儘管她失了智，那還是她，沒變。她從車子裡走下來，跨過入口大門，腰桿挺得直直的，戴著眼鏡，她灰色雲紋的套裝，優雅的鞋子，長襪。在她的皮箱裡，有她幾件襯衫，她的日用衣物，她的回憶，幾張照片。

從此以後她就要住進那個沒有四季之分的屋子，長年維持著同樣的室溫、氣味，沒有時間感，只是再三反覆規定好的活動，吃飯，睡覺，等等等的。在這之間的閒暇，只好走廊上晃蕩，提早一個小時坐在桌前等飯吃，把餐巾拿來摺，摺了又拆，拆了又摺，看著電視螢幕裡的美國影集、光彩炫目的綜藝節目一幕幕播放。節慶的活動，一定是：幾位義工太太會在每個禮拜四送他們禮物，新年元旦那天送一只香檳酒杯，五月一號送一缽鈴蘭花。她們還是有感情，女生女生會手牽手，互相摸摸頭髮，也會打起來。還有醫護人員常有這樣的勸世格言：「好了，某某太太，吃顆糖，就可以消磨時間。」

才幾個星期，她就失去了那股硬挺住自己的慾望。她變得消沉，頭低低的，駝著背往前走。她弄丟了眼鏡，她的目光渾濁，赤裸裸的一張臉，有點浮腫，因為服用鎮定劑的關係。她外表開始有種野蠻的感覺。

她一樣一樣的弄丟自己的東西，一件她很喜歡的長袖羊毛衫，她的第二副眼鏡，她那包盥洗用具。

那對她已經無所謂了，不管丟的是什麼，她沒有想到要再找回來。她想不起來哪樣東西屬於她，她再也沒有自己的東西。一天，她看著薩瓦的通煙囪的工人小人像，這個小人像在安希買來以後，她人到哪兒就帶到哪兒，「我以前有個一模一樣的」。跟大部分的女人一樣，院方為了方便，都幫她們穿上背後整個開岔的罩衫，外頭再罩上一件寬鬆的花布長衫。她已經沒有任何羞恥感，包著尿布尿尿，狼吞虎嚥用手抓著吃。

越來越分不清楚她周遭的人誰是誰。入她耳裡的話語失去了意義，但她還是會回應你，隨口亂講一通。她一直渴望與人溝通。她仍然保有完好的語言能力，句子有條理，字的發音正確，只是和真實事物無關聯，陳述的只是想像。她幻想著不是她現在所過的生活：她去巴黎，她買一條金魚，有人帶她到她先生墳上去。可是有時候，她清楚：「我怕我再也好不了。」或者她會想起：「為了讓我女兒高興，我什麼都願意做，但她卻沒有因為這樣而更快樂。」

她度過了那年夏天（她和其他人一樣，護理人員都幫他們戴上了草帽，帶他們下樓到公園去，坐在長椅上），以及那年的冬天。元旦那天，護理人員幫她穿上她自己的襯衫和裙子，讓她喝香檳。她走路走得更慢了，需要一隻手扶著走道牆壁上的扶杆走路。她曾經跌倒。她弄丟了她下半邊的假牙，不久又弄丟上半邊的。她的雙唇往裡皺縮，下巴相較之下更顯眼。再一次看到她，我總憂慮她會一次一次越來越不像個「人」。我在遠地的時候，腦子裡浮現的總是她以前的表情、她以前的舉止，腦海裡的影像從來不是她這時候的樣子。

次年夏天，她的股骨裂了。沒有幫她動手術。已經不必再費事，幫她在髖骨的地方裝上人造器，她其他的部位也一樣——不必再配副眼鏡、不必再裝假牙。她已經沒辦法再從輪椅上站起來，護理人員在她腰間綁著一條巾子，把她固定在輪椅上。護理人員把她和其他婦人一起安置在飯廳，讓她們面對著電視機。

認識她的人寫信給我，「她這樣子太可憐了」，他們認為能讓她早一點「解脫」是好事。說不定有一天所有的人都會持相同的意見。他們沒有來看她，對他們來說，她已經過世了。可是她還是渴望活下去。她把綁在她腰間的巾子解開，把全部力量撐在還能使力的那隻腳上，一直想要站起來。她伸手去碰她手邊碰得到的東西。她老是肚子餓，她的精力都集中在她的嘴巴。她喜歡有人親親她、抱抱她，她也會嘟著嘴，親親對方。她是個長不大的小女孩。

我帶巧克力、蛋糕、甜點去給她，我撕成小塊餵她吃。我從不買好一點的蛋糕，好的蛋糕奶油太濃、太扎實，她嚥不下去（看著她掙扎，用手指，用舌頭，直要把它吞入口，那種痛苦我不知道該怎麼說）。我幫她洗手，幫她洗臉，幫她噴香水。有一天，我幫她梳頭髮，然後又停了手。她說：「我好喜歡你幫我梳頭髮。」後來，我總會幫她梳一梳頭。我坐在她面前，在她房間裡。常常，她會抓著我的裙子，摸摸布料的觸感，好像在檢查質地如何。她緊咬著下巴，很用力的撕開包著蛋糕的紙。她會提到錢，提到她的客人，會仰頭大笑。這個動作是她本來就有的動作，這些話也是她這輩子累積來的。我不要她死去。

我需要餵她吃，摸摸她，聽她聲音。

好幾次，會突然萌生一股帶她走的慾望，只想全心照顧她，但又會立刻明白我沒這個能力。（把她安置在這裡，儘管心裡愧疚，但就像其他人說的，「我沒有別的辦法」。）

◇

她又度過了一個冬天。復活節過後的那個禮拜天，我帶著連翹去看她。天灰灰的，很陰冷。她和其他婦人一起待在飯廳。電視開著。我走近她的時候，她對我微笑。我推著她的輪椅回她房間。我把連翹插在花瓶裡。我坐在她身邊，我拿巧克力餵她吃。護理人員幫她穿上及膝的棕色棉襪，穿著一件太短的罩衫，露出了她羸瘦的大腿。我幫她洗手、洗嘴巴，她皮膚熱熱的。過了一會兒，她想要去抓連翹的枝子。後來，我又帶她到飯廳去，電視正在播傑克・馬丁（Jacques

Martin）的節目，「樂迷學校」。我摟摟她，我去坐電梯。她在第二天早上去世。

接下來那個禮拜，我回顧這個禮拜天，她還活著的那個日子，棕色的襪子，連翹，她的動作，我跟她說再見時她臉上的微笑，接下來是禮拜一，她過世的那一天，躺在她的床上。這兩天我連不起來。

現在，都連起來了。

◇

現在是二月底，常下雨，天氣涼爽。這天晚上，下課以後，我又回到養老院。從停車場這裡，建築物看得比較清楚，感覺那裡還滿舒適的。我媽媽以前房間的窗口亮著燈。第一次覺得訝異：「有別人住進來。」我心裡也想著，有一天，在公元兩千年，我也會是這其中的一個婦人，把餐巾摺疊起來又拆開來，在這裡，或者在其他地方。

在我寫作的這十個月裡，我幾乎每天晚上夢見她。一次，我夢見我躺在一條河中央，水流沖刷著。我的肚子，我的陰部，重新變得光滑，如同一個小女孩剛剛開始長出細絲般的植物，柔柔軟軟的，飄浮著。這不只是我自己的陰部，這也是我媽媽的。

時不時，我彷彿還活在她住我家、還沒去醫院以前的那段日子裡。霎時之間，雖然清楚的意識到她已經死去，卻又期待著看到她從樓梯上走下來，帶著她的針線盒坐在起居室裡。我媽媽虛幻的影像，比她人不在了的真實景象還來得強烈，這種感覺，無疑是遺忘的初步徵兆。

我重新翻閱這本書開頭幾頁。驚訝的發現我竟然已經記不得某些細節，我們等候的時候，停靈堂屋的工作人員正打著電話，在超市的牆上用柏油寫的那行字。

幾個禮拜前，有個姑姑告訴我，我爸爸和我媽媽，他們剛開始交往的時候，曾在工廠的廁所裡約會。現在，我媽媽過世了，我只要知道她生前我已經知道的事，我所不知道的我不想再知道。

她的影像又回復到我想我小時候所見到的樣子，一個高高大大的白色陰影，籠罩著我。

西蒙．波娃在她死後八天去世。

她喜歡為所有的人付出，勝於接受。寫作不也是某種方式的付出嗎？

◇

這不是一部傳記，當然也不是小說，也許是某種介於文學、社會學和歷史之間的作品。我媽媽必須走出她想要走出的那個她出生其中的被統治階級，成為歷史，好讓我在這個以文字與觀念統治的世界裡，這個她期望我加入其中的世界裡，不覺得這麼孤單、這麼人為矯造。

我再也聽不到她的聲音。是她，以及她的話語，她的雙手，她的動作，她笑的樣子，走路的樣子，這些把目前做為女人的我，和從前做為一個孩子的我接繫在一起。我失去了和這個我所從出的世界最後的聯繫。

八六年四月二十日禮拜天——八七年二月二十六日

附錄
# 安妮·艾諾參考年表

一八九九　安妮的父親誕生
一九〇六　安妮的母親誕生
一九一四　第一次世界大戰
一九二八　父母親結婚
一九三一　買下L鎮（利勒邦鎮）的咖啡坊——雜貨鋪子
一九三二　二月六日，安妮的姊姊誕生
一九三六　「人民陣線」主政法國
一九三八　四月十四日，安妮的姊姊夭折
一九四〇　九月一日，安妮誕生
一九四五　第二次世界大戰結束，父母親回到Y鎮（伊夫托鎮）。

一九六四　買下咖啡坊——食品雜貨鋪子
一九六七　安妮結婚，隨夫姓成為「安妮・艾諾」，誕下長子
　　　　四月二十五日，通過教師資格考檢定實習課考試
　　　　六月二十五日，父親去世
一九六八　安妮生下次子
一九七〇　母親賣掉店面，搬到安希和安妮家人同住
一九七五　安妮全家遷離安希，搬到彭多茲
一九七六　一月，母親搬回Y鎮居住
一九八二　十一月，開始撰寫《位置》
一九八三　六月，《位置》定稿
一九八四　一月，《位置》出版
　　　　十一月，《位置》獲頒荷諾多獎
一九八五　四月七日，母親去世。開始撰寫《一個女人》
一九八八　《一個女人》出版

國家圖書館出版品預行編目資料

位置/安妮.艾諾(Annie Ernaux)著；邱瑞鑾譯.
-- 二版. -- 臺北市：皇冠文化出版有限公司,
2022.12 面；公分. -- (皇冠叢書；第5063種
；Classic；118)
譯自：La Place / Une Femme
ISBN 978-957-33-3969-4(平裝)

876.6 111019658

皇冠叢書第5063種

**CLASSIC 118**

# 位置

La Place/Une Femme



作　　者—安妮・艾諾
譯　　者—邱瑞鑾
發 行 人—平　雲
出版發行—皇冠文化出版有限公司
台北市敦化北路120巷50號
電話◎02-27168888
郵撥帳號◎15261516號
皇冠出版社（香港）有限公司
香港銅鑼灣道180號百樂商業中心
19字樓1903室
電話◎2529-1778　傳真◎2527-0904
總 編 輯—許婷婷
責任編輯—黃馨毅
行銷企劃—許瑄文
美術設計—馮議徹、李偉涵
著作完成日期—1983年、1987年
二版一刷日期—2022年12月

法律顧問—王惠光律師
有著作權・翻印必究
如有破損或裝訂錯誤，請寄回本社更換
讀者服務傳真專線◎02-27150507
電腦編號◎044118
ISBN◎978-957-33-3969-4
Printed in Taiwan
本書定價◎新台幣340元/港幣113元